紅眼怪客團之
鬼旅行

方便行動的夾腳拖。
阿囉哈
花襯衫
短小精幹。
方群 Fang cyun
八十五歲活力十足的老頭，美屍坊由他建立，
賺進不少死人財。為了想要得到長生不死的解藥，
便一心想找到傳說中的聖獸。
FANG CYUN

冰山系美女。
時下最流行的
無口面癱屬性。
病歷表與醫師袍。
方馨萍
Fang sin pian
二十歲便從美國知名醫學院畢業，
極具實力與名聲的頂尖外科醫師，
卻在聲望達到巔峰之際突然宣布隱退。
她頭腦聰明，表情冷酷，
擁有無人能及、精密完美的美化屍體技術。

INDEX

目錄

NO. 1

狗罐頭的獨家配方

我費盡千辛萬苦　終於操弄你的喜樂哀怒
我違背敬愛的主　也想刺穿扒開你的腸肚
你只是一個笑容　徹底主宰我命運的無助

◆※◆※◆※◆

寬大的廠房內今晚顯得格外冷清，平日上班時間至晚上八點左右依然燈火通明的空間，週末及休息日卻只點上幾盞昏黃的光線。

兩個男人推著藍色的大型平板手推車向前行進，走在寬敞的通道上沒有阻礙，交談的聲響迴盪在靜謐的空氣中顯得格外宏亮。

「今天是週末還這樣操我們，老闆他媽的到底有沒有把我們當人看啊！」

「強哥，你就別再抱怨了，這年頭時機歹歹，最好有機會就先把口袋餵飽點，省得以後公司突然宣布裁員而沒飯吃；再說週末加班費比平日多三倍，另外附上兩餐給我們，這是只有我們主管才會給的福利，你說這樣的甜頭現在上哪兒去找啦？」

「這麼說也是，多賺些加班費偶爾還可以出去找找樂子，否則平日的薪水全被我那在家享福的老婆守得死死的，少一塊錢都要跟我計較……這女人到底清不清楚誰賺錢誰是大爺啊！」

「想必大嫂是怕強哥在這兒包二奶，所以非得讓你口袋空空，才不怕你會去酒店。」

「啐！她是怕我老二作怪，蹦出個小娃兒跟她爭財產！」李強摳了摳鼻孔外側，久未修剪的鼻毛搔得鼻腔發癢。

「哈哈！老二作怪，這好笑！」

「我都已經被那女人逼去醫院結紮了她還想怎樣！離鄉背景來到這邊工作，偶爾花點小錢找個女人發洩一下，聰明的是辦完事立刻打發走人，省得產生感情可能還得善後。光是要照顧家裡那對母女，我整個人都快要被榨乾了。」

「哈哈！強哥，你怎麼把大嫂形容成吸血鬼了。」

「有時候我還真羨慕你的生活啊阿翔！他媽的一點牽絆都沒有，想做什麼都隨心所欲，不會有人整天奪命連環call，一開口劈里啪啦在那邊東家長西家短的，嘖嘖……自由的單身貴族啊！」

「強哥，你就別糗我了，三十五歲既沒結婚也沒女朋友，只不過喜歡把自己打理得乾乾淨淨，別人卻當我是gay，到頭來我也懶得再解釋了。」

「看來單身或有伴的同樣都有煩惱嘛……」李強點頭嘆氣。

兩人終於來到目的地廠房的重鎮之地——大型冰庫。

李強和章凱翔停下腳步，待章凱翔從口袋內掏出磁卡，讓辨識身分的機器確認無誤後，門才打開。

「嘿，阿翔，你不覺得老闆很搞笑，幹嘛把肉品當成什麼珠寶首飾看待？每趟進來都要經過繁瑣的重重關卡……反正到頭來這些玩意還不是都要被送進攪拌器內，成為狗享用的罐頭。」

「嗯，其實我也早納悶很久了。」章凱翔同意的點了點頭，「或許上頭是不想讓機密曝光的緣故吧，市面上狗罐頭品牌百百種，但我們公司竟然能位居龍頭，霸占市場總銷量近七成以上，我要是老闆，肯定也會死守稱霸的秘密。」

李強點點頭，「不過我真的很好奇，這些秘密配方到底是啥玩意，為何那麼討狗畜生喜歡？該不會是什麼上等牛肉的特殊部位之類的吧？」

「或許吧，反正上頭曾經告誡我們，私底下禁止談論一切有關公司的作業流程，為了繼續享有我們傲人的福利就該聽話點閉上嘴巴，否則……喀擦！」章凱翔伸手劃過頸部做出割喉貌。

「知道啦！誰會笨到跟錢過不去，我們一個是廠長、一個是副廠長，而其他員工沒人知道我們和公司簽訂秘密條款，每個週末必須親自進工廠一趟，將秘密配方加入機器內啟動，但要是讓這冰庫內的最高機密肉品流出外頭，就得付出傾家蕩產的代價。」

「嗯，所以我們的嘴巴可得封緊一點，千萬不能四處亂說話，特別是強哥你，出去外頭喝酒時絕對要嚴加防範洩密。」

「好、好、好！別像我老婆一樣嘮叨個不停，耳朵都要長繭啦！」李強敲了一下章凱翔的腦袋瓜，率先進入冷凍室內。

李強又道：「快走吧，我們把這一批三百公斤的肉品放入攪拌機內就大功告成了，讓機器徹底攪拌一夜，明天員工們上班後再加入其他需要的材料即可。待會兒忙完，我請你喝一杯，如何？」

「強哥，這話是你自個兒說的喔，不要每次故意喝得爛醉，到頭來還不都是我付的帳。」章凱翔斜眼看向李強。

「知道了、知道了，啐！真是愛計較，難怪人家會以為你是gay。」李強白了一眼，隨即催促道：「快點幫忙搬東西，別站在那邊偷懶。」

「知道了。」

◆※◆※◆※◆

午夜十二點整，章凱翔一臉無奈的攙扶著喝得爛醉的李強進入車內，從小吃店至停放在路邊的房車不到一分鐘的路程，卻因為李強的無理取鬧而來回耗上將盡半個鐘頭。

「呼！終於搞定了。」章凱翔側看副駕駛座上的同伴後吁了一口氣，才剛放鬆便立刻發現全身筋骨痠痛不已，「以後再答應跟強哥出來喝酒我就是蠢蛋！這頓酒錢最後還不是又落在我頭上了。」

「阿翔……來，我們再喝一杯，乾啊！」癱軟在位子上的李強忽然睜開朦朧的雙眼，並舉起手做出乾杯狀，以為自己還在和人敬酒。

「強哥……你醉了，我們回宿舍休息去吧……」章凱翔翻了翻白眼，忍不住在心裡嘀咕道：「天啊！別又來了，再這麼繼續耗下去就要天亮了。」

「什麼！誰說我醉了！老闆娘，再給我拿一手啤酒來！」李強的咆哮聲響在車內狹小空間裡，顯得格外震耳欲聾。

「好好好，我們回宿舍再喝，冰箱裡頭還有上星期買的冰啤酒。」章凱翔連哄帶騙的說著，他心想只要能夠成功回到宿舍，就可以把身旁這個喝到不醒人事的同伴丟到床上了事。

「不如這樣好了，強哥，我們回去後把元媽叫醒，請她幫我們弄幾道可口的小菜來配著吃。」

「嘿，這提議好，我們快衝啊！」

右手使力往前一揮，李強大吼了幾聲後，接著頭顱往側邊一晃，打了個臭氣沖天的酒嗝，並眨了眨沉重的眼眸後，忽然倒頭就睡。

「哇靠！臭死人了！強哥，你的胃是不是出了問題啊？今天打嗝出來的味道實在太經典了！」

章凱翔連忙將車窗全部打開，讓車內的空氣流通，瞬間撲來的冷風卻吹得刺骨。

「呼~冷喔，什麼時候石頭島上也會有寒流來襲？難不成明天會下雪？」章凱翔解嘲似的搓了搓冷到起雞皮疙瘩的手臂，「唉唷~什麼怪天氣啦！」

四季終年溫暖宜人的島型氣候，應當是此地最讓居民引以為傲的環境條件。

章凱翔平日常和李強出來喝幾杯，每回宣告下次絕對不再出現，但只要對方一邀約，他還是毫不考慮的就跟來了。畢竟人在異鄉，難免會想和同鄉的夥伴聚聚一解鄉愁。

「算了！反正我這單身貴族生活自由，自個兒的錢全都歸自己管，不像強哥還要養家人，我就多擔待點別計較吧。嘔——」章凱翔邊喃喃自語，邊用手掌捂住口鼻。

「說真的，小錢可以包容不要緊，但強哥你這身臭味就實在很難恭維，先讓我找個口罩來戴戴……怪了，我都放在這裡沒動過啊，到哪兒去了？」

章凱翔一向對腥臭味反感，因此會在車上或者隨行的包包內準備好口罩以備不時之需，只是壓根沒料到李強的酒嗝味竟如此刺鼻……

今日的風有一種言語難以形容的怪異，陣陣撲鼻而來的氣味瞬間讓章凱翔身上的寒毛全然豎立起來。

「阿娘喂！該不是見鬼了吧？沒事、沒事，別胡思亂想。」章凱翔甩了甩頭、用力搓了搓手臂，準備發動引擎離去，「管他口罩有沒有找到，先離開要緊。」

章凱翔習慣性的將比合適尺寸大上半號的鞋子往前一踢，讓腳丫子舒適的踏在這幾天才換過的腳踏墊上，他好喜歡腳底踩在柔軟毯子上的觸感。

「嗯？墊子上怎麼會濕濕的？」

一感到不對勁，章凱翔便機警的抬起腳來查看，「拜託，該不會是強哥尿褲子吧？」

因為路燈離車子有一段距離讓視線分外不明朗，章凱翔決定打開車內的燈來確認腳底的濕潤感究竟是怎麼回事。

「這應該不是尿，比較像是什麼油脂類的東西……」

他用手指在腳底抹了一下，送至鼻間嗅了嗅，確實比較像食用豬油融化的味道。

「豬油！」

「什麼時候我在車裡放豬油了？」

「等等！難不成有人惡作劇，撬開我的車門丟進來一塊豬油？這沒水準的人最好不要讓我抓到，否則……」

「等等！我想起來了。」

章凱翔腦海忽然閃過一道記憶……

幾個小時前，他們倆將冷凍庫的獨家配方送進攪拌機時，李強一時興起拿出大型塑膠袋，將其中一塊秘密配方肉品偷偷裝了進去。

「強哥，你這是在幹嘛？」章凱翔防備的問。

「我們偷一塊回去，讓元媽明天早上幫我們弄肉包子來嚐嚐，這肉肯定嫩到不行，否則為何狗畜生都愛得要命。」

「喂！我說真的，快把這東西放回去，到時候被上頭發現就完蛋了。」

「怕什麼！你不說、我不說，工廠裡有誰會發現？兩公噸的內臟和其他材料，裡頭才放進這批三百公斤的神秘肉品配方，我偷偷拿走五公斤的肉，絕對不會有人發現的。」

「強哥，你別忘了工廠內裝有監視攝影機，我們的一舉一動都會被記錄下來，再說我們剛才討論過……」

「你忘啦，昨天管理室的小吳跟負責我們工廠監視器的保全公司通過電話，今天因為系統維修會暫停休息一個晚上。」

回憶到此結束，章凱翔環視車內的慘況，悔不當初的嘆了一口氣，道：「唉！早知道應該強硬一點阻止強哥的。」

接著，他轉身將放置在後座下方的塑膠袋拾起，想要將綁緊的死結解開，卻因為油膩的觸感讓原本簡單的工作變得困難。

「馬的！豬油全融化了！」

他們每個週末負責送來一共三百公斤的肉品放置在冷凍庫內，然後將其丟入攪拌機器裡，卻從未清楚被豬油包覆在裡頭的究竟是何玩意，只知道秘密配方肉品一塊約五公斤左右重，切割成正方體的塊狀，四面都是結凍的豬油，白白的，遠看還以為是豆腐。

「搞得那麼神秘，不要告訴我其實裡頭只是死老鼠，或者是什麼動物屍體之類的。」

章凱翔被那死結搞得有點不耐煩，乾脆一把撕開塑膠袋。結果這麼用力一扯，袋子裡頭完全解凍的肉品就這樣彈了出來。

「這……這……」

他下意識的接住彈出來的肉品，瞠目結舌的說不出話來，雙手忍不住跟著顫抖。

——嬰兒的屍體！

原來所謂的秘密配方肉品，竟然是小嬰兒的軀體！

更令人不寒而慄的是，那嬰兒的小臉是如此的安詳可愛，嘴角甚至掛著幸福的笑容。

「我……原諒叔叔……我真的不是凶手……」章凱翔支支吾吾的低喃，像是要解釋，又像是要說服自己。

忽地「叩！」的一聲，車門以緩慢的速度自行開啟，章凱翔捧在手中的嬰孩似乎笑得更開心了。

「呵呵……呵呵……」

「你、你要帶叔叔去哪裡？」章凱翔發抖的詢問著，卻怎麼也控制不住自己的雙腳走出車外。

不！他絕對不是「走」出去的，而是被對方「拖」出去的。

「呵呵……呵呵……」

接著，章凱翔的耳邊忽然傳來一道道令人發毛的笑聲，那種刺耳的感受就像刀刃刮在自己的骨頭上一樣。可是看看那位可愛的小嬰兒卻只是甜甜的笑著，那麼可愛、那麼的討人喜歡。

他一步步的往路旁的羊腸小徑走去，心裡有股不祥的預感，知道自己似乎離死亡越來越近了。

「天啊！你該不會想帶叔叔去死吧？可是叔叔還不想死啊！」

儘管章凱翔再怎麼哭嚎也於事無補，因為此時此刻他連控制自己身體的主導權都被剝奪，甚至有一種精力全然被抽乾的疲憊感。

一會兒後，不斷攀爬的腳步終於停了下來。章凱翔動彈不得的站在原地，眼眶溢出止不住的淚水。

「你帶叔叔來這裡要、要做什麼？」

無法從昏暗的夜色得知此地為何處，只是眼前的沙土莫名的開始往下陷去，在靜謐死寂的空氣中發出空靈的沙沙聲響。

「你……你要叔叔把你埋葬起來嗎？」

章凱翔小心翼翼的詢問著。不知為何，他內心的慌亂逐漸消失，口氣也不再顫抖，卻道出了離別人世前的無助與絕望。

「呵呵……呵呵……」

回應章凱翔的仍然是那道很可愛卻也刺耳的笑聲。

——完了！

——真的徹底的完蛋了！

前方陷下去的沙土儼然已經成了一塊長方形的形狀，恰好足夠容納一個成年人的身長和寬度。

三十五個年頭的今天，他章凱翔就要葬送在這個不知名的荒郊野外？

小嬰兒肯定不是要他幫忙埋葬，而是要他……

陪葬啊！

NO. 2 初臨幸福島

直升機盤旋在蔚藍天空，隆隆的聲響有如轟天雷般響徹雲霄。機艙內此時也不平靜，悠閒的口哨和求饒聲響相互穿插迴盪。

「老頭，拜託你快點找個地方降落OK?老是在上面繞來繞去的，到底想幹嘛?嘔……我都快吐了。」

臉皺成一團的郝仁，連續乾嘔了好幾回，難受得差點連膽汁都要吐了出來。這是他頭一次飛至天空，他以前老是期待某天賺大錢後能夠環遊世界，但當時壓根沒料到自己竟然會暈機暈得那麼嚴重。

「臭小子少在那裡囉哩巴嗦的，探頭看看窗外的美麗景色，你就會知道我不急著降落的原因了。」

方群老當益壯，八十五歲的高齡身穿專業的全套飛行裝備，一流的技術簡直讓人看了目瞪口呆。

「誰管外頭是啥狀況，我都快撐不住了!」郝仁將右手搭在椅背支撐著自己搖搖欲墜的軀體，即使再怎麼虛弱，抱怨聲仍從未斷過。

郝仁持續碎唸道：「什麼紅眼怪客團年度旅遊……我還寧可待在美屍坊的庭院外烤烤肉、唱唱歌，也不要在這裡活受罪……」

「啐！沒用的傢伙。搭個直升機就落得這副蠢樣，還跟人家當什麼團長，一點威風的感覺都沒有。」

「不過，我說老頭你就招了吧，美其名什麼年度旅遊，這趟前來其實是另外有啥目的，對吧？昨晚用餐的時候，你突然說什麼隔日早上出發，當時看你眼神瞟來瞟去的不大老實……再說，你會有那閒情逸致來度假，而不去其他地方削錢，這裡面肯定有鬼！」

「嗯哼，算你這小子敏銳。我確實接到可靠消息，下面這座島上可能會有我多年來一直在苦苦追尋的人。」

「哇靠！說到這位『苦苦追尋的人』就讓你的一雙老眼直發亮，該不會是老頭你的老情人吧？嘿嘿……」

郝仁這一開口，換來的卻是苦行，方群刻意讓機身瞬間做一百八十度的大幅度旋轉。

「靠！活得不耐煩不會自己去跳樓喔！可別連累我們兩個年輕人！如果你這身為紅眼

怪客團會計的老頭還當我是團長，就快點找個地方降落！」郝仁使勁提高音量，讓這道命令聽來更有威嚴些。

「等等，你說啥？這裡好吵聽不到～」方群故意誇張的將耳朵湊過去，露出一臉奸笑的模樣，「我這把老骨頭，耳朵早不中用了。哎呀！你是說你笨得不像話，頂著團長的頭銜感到心虛是吧？」

「你這不要臉的……」郝仁憤恨的瞪向身側，很想揮拳發洩，卻連撐住自己的身體都有些困難。他在心裡不斷抱怨著等安全降落至地面，絕對要讓這臭老頭好看！

這時，直升機後座頓時傳來一道慵懶的低喃，原本沉睡的男子拉下眼罩，緩緩睜開了眼眸，一時間難以適應突如其來的刺眼光線。馬克爬起身，懶洋洋的詢問：「阿仁，我們到達目的地了嗎？」

躺在馬克身側的王子跟著動了一下牠毛茸茸的小身軀，狹長的眸子撐開了些微的細縫，直到確認沒有危險後又繼續沉入夢鄉。

「我也不清楚究竟到了沒，老頭可能是想炫耀他的飛行技術，所以說什麼都一直不肯降落，也不想想他已經是棺材都進了三分之二……不！應該是四分之三的年紀，還老愛在我們年輕人面前逞強。」郝仁擺出死魚眼，指了指方群。

「呸！你這臭小子嘴巴給我放乾淨點，誰準備進棺材了？我可是要活到兩百歲，最好能夠長生不死。」

郝仁瞪大右眼驚叫出聲：「什麼？長生不死？那老頭往後不就成了名副其實的老妖怪？」

「妖怪你個頭！真是狗嘴吐不出象牙。哼！再不給我閉嘴，我就乾脆永遠都不降落，讓僅剩的燃料耗完後……我們就隨著直升機墜落至美麗的茫茫大海中，這死法夠浪漫了吧？」

聞言，郝仁立刻放低姿態，弱弱的回道：「喂！有話好說嘛，幹嘛動不動就要尋短……那個……剛才的話還沒說完，其實真正的意思是，就算老頭成了妖怪，我敢保證也是世界上最討人喜歡的妖怪。」

「哼，這還差不多。」

「是啊，我說的都是肺腑之言。」郝仁點頭陪笑，心裡則吐槽道：媽呀！這謊話夠噁爛了。

「我可以打擾一下，提個問題好嗎？」馬克隔著窗口俯瞰下方，想解決心裡的疑問。他問向方群：「方叔，你之前提到的幸福島，指的就是下面那座島嶼？」

「沒錯，就是幸福島，一處美麗的人間天堂。這星期我們一行人就待在這裡好好玩樂享受，我也將近有兩年多的時間沒來這裡了，想到過去曾經待在這兒曬太陽、游泳、大口吃美食……多令人懷念啊！」

方群向來吃軟不吃硬，年輕小夥子有禮貌的喊他一聲「叔叔」，他理所當然回以和善的口氣。

「嗯，聽方叔這麼形容，我也越來越期待了。」馬克盯著外頭的景色眼睛發亮，「你們看！從上空望下去，小島竟然呈現一個完整的圓形，就像是用圓規畫出來般的工整，大自然真是不可思議。」

「啊哈！還是馬克這傢伙有格調，能夠看出這座島嶼的特別之處。」方群頻頻點頭稱讚，「我之所以一直在上空盤旋不下去，就是這個緣故。」

「小島之所以會被稱為幸福島，除了風景優美、氣候溫和之外，還有就是因為它圓滿的形狀。據說來過這裡的人，往後都能擁有幸福完好的人生，我就是喜歡從上往下看那圓滿的感覺，總覺得看多了，自己也會跟著有好運降臨。」

「幸福島？啐！我怎麼一點感覺都沒有？」郝仁將臉緊貼向窗子觀看，五官因為擠壓而變形。經過方才和方群拌嘴了一會兒後，暈機的不適感稍微得到了些許改善。

「哼！那是因為你這臭小子沒心沒肝外加腦袋空洞、神經大條，哪裡能夠體會我們的感動。」方群瞪了郝仁一眼。

郝仁不屑的笑說：「這也難怪啦，年紀大的人動不動就容易觸動心弦，我看連一隻螞蟻經過，你都會稱讚牠說『小螞蟻你好勤勞喔』！」

「還有，不是我要說！」郝仁繼續扁著嘴批評：「那小島雖然呈現圓形，可你們看看土地中央部分有一道長長的裂痕，讓裡頭的紅土全部暴露出來，那感覺就像是難以癒合的傷口，還提什麼幸福的形狀咧！」

「你！」想法遭到反駁讓方群心裡不大爽快，於是他皺起眉頭，毫無預警的往地面降落，完全不理郝仁連聲吶喊求救。

「媽呀——救命喔——」

雖然兩年多未光臨此地，但此處有方群申請的永久專屬停機格，昨日晚餐後他也事先致電和小島的基地臺聯絡過，說他今日約莫下午兩點會降落。

◆※◆※◆※◆

「呼～腳踩在土地上的感覺最踏實了。」郝仁伸了個懶腰，這才露出今日難得一見的笑容，「老頭終於良心發現願意放過我們了，我相信大夥兒都跟我一樣，忍尿忍到快要爆炸！」

他四處張望確認周圍暫時沒其他人，立刻就著一棵矮樹灑尿，順便說道：「我餓到前胸貼後背，尿完後要快點找個地方來祭祭我可憐的五臟廟。」

「野蠻人，就會吃和排泄。」方群從旁經過不屑的冷哼，「看到前方那棟建築物沒有？去那兒所有的問題都解決了。」

順著方群手指的方向看去，郝仁抖了抖身體將尿甩乾。

「靠！還以為沒人看我亂施肥，門口竟然站了一個阿拉伯人往我們這邊看，這地方隨地亂尿應該不至於被抓去關吧？」

「喵～」

王子似乎察覺到達目的地了，便從郝仁的肩上跳下來伸伸懶腰，隨著方群的步伐先行前進；馬克則是雙手插進褲袋內，視線掃向四周，忽然被遠方的某處吸引住。

「阿仁，你看看山腰處那邊一片白茫茫的，像不像下雪般浪漫？」

「蛤？」郝仁轉頭向後看了看，順口吐了一口痰回應：「二十多度的氣溫能看到雪的話，那絕對不是浪漫，而是見鬼！啐！」

「怎麼了阿仁？有什麼不對勁嗎？」馬克見郝仁一路上猛吐口水，且臉上的表情略顯狐疑納悶，便忍不住開口詢問。

「我有說過我最怕喝咖啡了對吧？」

「嗯，你說你怕那種苦澀感，雖然我一直試圖說服你，好的咖啡會回甘，口腔中殘留的香氣那真是人間一大享受。」

「怪的是我不喝咖啡，但最近口中常常有種酸酸苦苦的氣味。」郝仁忍不住拿出背包裡的礦泉水，轉開瓶蓋猛灌了一大口，「特別是早上起床，苦苦的味道特別明顯，真是莫名其妙。」

忽地，方群有力的聲響打斷郝仁的思考：「喂！你們兩個在那邊拖拖拉拉的幹嘛？還不快跟上！」

「知道了啦！」郝仁皺起眉頭大聲回應：「老頭猴急了，我們快跟上去，省得他在那邊大呼小叫，順便去看看有啥可以塞飽肚子的。」

話才說完，郝仁便拔腿往前跑去。

「嗯。」

馬克從容的跟著前面二人的步伐，溫暖的海風吹拂過他的頭髮，清爽的氣味在空氣中飄散。

就這樣，他們來到了一幢外觀宏偉，色調卻極為典雅的建築物前。

「哈囉，歡迎你們來到幸福島。」阿三熱情的站在門口迎接，「一路上辛苦了，方叔好久不見。」

阿三是幸福島內別墅區的總管。四十三歲，皮膚黝黑、體型高大魁梧，只是用一塊黑布從頭包至腳，看起來非常引人注目。

「是啊，算算也有兩年囉。」方群難得露出和善的笑容。

「哈，你們這趟來正好碰上我們幸福島特有的雪鈴花祭，山頭一片白茫茫的世界真的是美不勝收。據說這種花在其他地方想見也見不到，只有我們幸福島的特殊土質才可能種植存活，而且雪鈴花的花季非常短，再過不了一個星期就會完全凋謝。」

阿三一邊介紹島上的特殊祭典，一邊引領眾人進入villa客廳。

聞言，馬克勾起滿足的笑，「雪鈴花，好美的名字。」

「很美對吧？」阿三驕傲的介紹著，「因為它的花瓣小巧玲瓏，形狀有點像是鈴鐺的模樣，所以我們叫它雪鈴花。」

「管它像不像鈴鐺，鮮花的味道香得令人頭暈，香氣會不會太濃啦！」郝仁皺著眉頭，倒覺得有些不適。

「來來來，請各位享用我們島上特有的雪鈴花糕和其他可口的甜點。」阿三端來了一個大托盤，上頭擺滿了琳瑯滿目的食物。

「我不得不特別向你們推薦雪鈴花糕，吃了這個後，包准整個口腔散發出芬芳的味道。我們這裡的小姐連泡澡都會灑些雪鈴花在浴缸內，聽說只要泡上二十分鐘左右，出浴後連香水都不用擦了。」

郝仁睨了一眼冷笑，「阿三哥，你這口條和誇張的手勢，不去外頭叫賣未免太可惜了吧。以前我們家附近的夜市裡有個賣東山鴨頭的老闆，把他賣的鴨頭形容到都要起死回生了。」

「這樣啊，哈！」阿三當然不會聽不出這話中貶多於褒的含意。

「喵～喵！」王子不滿的發出叫聲，隨即跳上矮桌上引起大家的注意。

「王子麵！你貓還人啊？學人家吃什麼甜點……喏，拿去。」郝仁夾了一塊雪鈴糕遞向王子嘴邊，雖然口吻不悅，卻還是很寵愛這隻自以為高貴的小動物，「貪吃鬼，慢慢吃，不怕噎死喔！」

「嗯……」馬克優雅的品嘗手中的美味甜品，俊逸的臉龐因為美味的食物而洋溢著幸福的笑容，「雪鈴花糕的香氣淡雅，初碰嘴脣有些微微的冰涼感，當牙齒深陷糕體時，外頭薄薄的粉末摩擦口腔；接著瞬間湧出的唾液濡濕了整個雪鈴花糕，柔軟綿密的嚼感後卻意外的入口即化……」

「哇~你還真是會形容，完全說出了我對吃雪鈴花糕的感覺！」阿三連忙從口袋中掏出如菸盒般大小的記事本，再迅速的拔開筆蓋準備抄寫，「能不能重新再說一遍？我要一字不漏的全抄下來，每次遊客對這糕點好奇、詢問我口感時，我都啞口無言，不知該如何形容。」

「嗯，不過，應該不只有單純的雪鈴花的香氣，這其中的甜味……」馬克舔了舔口腔內壁，瞇起眸子神情專注，壓根沒注意到旁人的問話，「對了，肉桂。難怪這甜味刺激舌尖後出現微麻感……」

見一旁的阿三手捧著本子、認真等待抄筆記的蠢模樣，方群看了差點沒把口中的甜品噴了出來。

端起茶杯，喝了一口茶，方群道：「阿三，你就隨他去吧，馬克這小子平常怪禮貌的，碰到人總是用他那張討喜的臉和人熱絡，但只要碰上喜愛的美食或飲品，就會像現在這樣陷入瘋狂的品嘗狀態而無法自拔。」

「喔，這樣啊……哈哈……」阿三乾笑的收起筆記本，他向來覺得方群已經夠特殊了，沒想到身邊又多了幾個怪咖。

忽然，一記狂吼熱絡了整個空間。

「哇靠！不是我要說，這地方未免也太棒了吧！難怪老頭在直升機上猛誇這裡是人間天堂。」

郝仁打從一進入villa別墅內，彷彿就像是劉姥姥進大觀園，讚揚的目光四處張望，雙手也閒不得的這裡摸摸、那裡碰碰，像是在鑑賞寶物般的小心翼翼。

「哈哈！別墅裡面還有專屬的游泳池耶，這根本是只有在電影裡頭才看得到的場景嘛！」

郝仁跨大步伐再往他處探索，接著又是一陣呼喊。

「哇塞！裡頭還有小型電影院和健身房，我看這裡根本是應有盡有，人生的一大享受嘛！我這輩子若能擁有一間像這樣頂級的別墅，要我做牛做馬都願意……靠！你們看看……」

方群轉身開口打斷充斥在耳邊的讚嘆聲響：「閉上你的大嘴巴，這個死鄉巴佬！你是要吼到我耳膜破裂才肯罷休是吧！」

「哼！管我咧。」郝仁痞痞的回應，目光依然鎖定周圍的環境。

「不管你，我還能管誰？」方群說著，再將注意力移回帶領他們幾位走進villa別墅客廳內的中年男人阿三，眉頭不由自主的皺了起來。

「方叔，您的別墅我都有定期派人來打掃整理，您可以四處檢查看看，應該維持得不算太差吧？」

「還行，這裡一點都沒變。」方群滿意的笑了，並拿起擺放在茶几上的香片茶啜了一口，「我就說把房子交給你準沒錯。」

「什麼?老頭，你們的意思是……這間超超超高級的別墅是你的?」郝仁一臉驚訝的瞪大雙眼，口中的食物差點沒彈出來，「看來老頭靠『死人』賺取而來的利益，可真是難以估計啊!」

「怎麼，有意見?」方群挑了挑灰白的眉頭。

「沒事沒事，只是覺得擁有這棟豪華別墅感覺一定爽到不行。」郝仁心裡感到矛盾，想要開口虧對方，卻又覺得跟著對方似乎才有出頭的機會。

「所以我說組成紅眼怪客團也是順便造福你們這兩個窮小子。等著瞧吧，只要我們開始接案，別說是這樣一棟別墅了，想要什麼都能得到滿足。」

「真的啊……哈哈……」聞言，郝仁便立刻陷入往後美好憧憬的想像，「哇!真有那麼一天嗎?我想買的東西可多了，要不是當個窮學生沒啥能力擁有，就算偶爾跑腿打工，吃幾個便當加上幾杯奶茶錢就全花光光了，該買什麼好呢……」

「哼！」方群嗤笑的看了一下開始做夢的郝仁，忍不住搖了搖頭。

雖然看這小子的表情傻到可笑，卻不得不讓他回憶起自己年輕時愛做夢的那段時光。

「對了，阿三。」方群忽然回到正題，「晚一點我們再來討論你之前寄給我那封信的內容。」

這也是方群這趟來幸福島的最主要的原因。

「好，沒問題。」

「我呢好不容易得到這個重要線索，這次一定要完……」方群的眉頭皺得更緊，突然想起早該開口詢問的事，「等等，難怪我一直覺得哪裡不對勁。阿三，你何時改變造型成了阿拉伯人？大熱天的把自己包得那麼緊，有病啊？」

「那個，方叔……這該怎麼說呢，因為、因為我怕我的模樣會嚇到你們，所以就……」阿三囁嚅的回答。

「怎麼會？你看起來健健康康，雖然長得不是頂英俊，但勉強可以看啦。不過你現在包成這副模樣，倒才真的嚇人。」

馬克回過神後也提出看法：「喔？我還以為這身打扮是幸福島居民的特別民俗風情，剛下直升機的時候，在街道上看到不少人有類似的裝扮。」

「賓果！我知道了，因為今晚有化裝舞會。」郝仁自以為聰明的大喊：「哈！不過大家沒料到所有人竟然都蠢到撞衫了，我這輩子還沒參加過什麼 party，會場那邊肯定有不少正妹，嗯……看來我們也該想想要怎麼打扮才行。」

「其實沒有什麼舞會啦，我們……那個……」阿三支支吾吾的說著：「我們之所以會把自己包得那麼緊……是有難以啟齒的苦衷。」

「哼！怕我跟去就老實說嘛，少在那邊假裝吞吞吐吐的。放心啦，我們的眼光哪裡會一樣，各自發展，不會強碰啦！」郝仁欲向前拍拍對方的肩頭裝熟，卻遭一道力量阻止。

「阿三，把包在身上的布拿開讓我瞧瞧，究竟有什麼難言之隱，等我鑑定了再說。」方群命令道，非得要滿足自己的好奇心。

「方叔，我看不要吧，您難得來，我怕會把您嚇壞。」

馬克也加入勸說的行列，「阿三哥，方叔見多識廣，不會被嚇壞的，你就讓他瞧瞧吧！」

「可是……」

「哎呀！拖拖拉拉的看了真難受。」郝仁摳了摳臉頰，催促道：「阿三哥，你就放一百八十顆心吧，我們老頭天不怕、地不怕，只怕賺不到死人財，你就趕緊把身上那塊礙眼的黑布撤掉讓大夥兒瞧瞧，看了沒嚇到我們的話，你就要請客嘿！你說對不對啊，王子麵？」

「喵～～」這下連王子也催促著。

「好吧，說真的，我已經事先跟各位報備過了，希望你們看了不要覺得不舒服才好。」

阿三嘆了一口氣後，開始緩緩解開緊緊綑著自己的黑色布料，眼神看來緊張且防備，直到臉部和頸部的肌膚全然曝光。

見狀，郝仁率先發出狂吼：「靠！什麼嚇人的鬼東東！」

「阿三哥，你、你……還好吧？」馬克瞇起眼眸看向眼前教人咋舌的景象，想要開口說些什麼卻又無話可說，他已經盡量壓抑滿腔的驚訝情緒，但胃部翻騰的酸液卻怎麼也阻止不了。

阿三尷尬的笑了笑，嘴角牽動了臉部因斑點而乾燥的肌膚，「嘿嘿……很像不大好，對吧？」

「靠！那到底是什麼東東？」咆嘯的聲響迴盪在室內，郝仁壓根忘了應該顧慮他人的感受，「阿三哥你食物過敏喔？一堆大大小小的灰色斑點，看起來有夠噁心的，你該不會想要跟 101 忠狗搶飯碗？」

「101 忠狗……這笑話還不錯笑，哈哈！」阿三搔了搔頭，立刻將拆下來的黑布重新披上，並不好意思的瑟縮著身軀，「看吧，我就提醒過你們要有心理準備，等一下害你們沒食欲那不就太罪過了。」

「阿仁，你要上哪兒去？」馬克見郝仁怪異的行徑，不禁納悶的詢問：「該不會是……想逃？」

「嘿嘿，沒事沒事，你們繼續、繼續……」郝仁本想不動聲色的往後退至安全的距離，沒想到如此孬種的舉動還是被同伴抓包。

「不要看我這樣好像身強力壯，其實我從小很容易生病的，而且看阿三哥這狀況挺嚴重……我老媽常警告我，會傳染的疾病最好能夠避免靠近，要不然……哈哈……」

「阿仁，難道你身上不曾出現過疹子或過敏的現象？」馬克搖頭笑了一下，再將注意力回到方群身上，「方叔，您看阿仁他……」

忽地，帶有點戲謔意味的話語打住，馬克警覺的發現方群的眼神不大對勁。

「阿三哥身上的斑點，難道不是普通的皮膚過敏？」

「這個嘛……」方群更加靠近，並強拉起阿三有些抗拒的手臂仔細瞧看，「不要亂動！你不讓我好好瞧瞧，是要我怎麼幫你？」

方群仔細的瞧過阿三皮膚上大大小小的斑點，多到看了令人眼花撩亂。他問道：「阿三，說說看你這副模樣多久了？」

「那個……差不多一個星期左右……呃，應該快要兩個星期了。」

聞言，方群不悅的皺起眉頭怒斥道：「既然都快兩個星期的事，那不就是你寫信過來時就發生的狀況？怎麼沒先跟我說一聲？早知道發生這種怪事，我就會提早過來了！」

「嘿嘿……」阿三吞了吞口水，囁嚅的開口：「不好意思麻煩方叔嘛，再說我原本以為這些斑點應該很快就會好的，怎麼知道會越來越嚴重。」

「所以幸福島上一堆人身上披著布，代表也有不少人發生類似的問題？」

「是啊，也不知道究竟發生什麼怪事，島上的居民幾乎都變成這副模樣了。再說，一年一度的雪鈴花祭到來，我們為了不想讓訂好飯店或villa的觀光客取消行程，只好暫時封鎖這個消息，對外就說是這一季的變裝主題風格。那是因為方叔對我們幸福島有恩，才勉強讓您瞧瞧，您可千萬別將消息曝光啊！」阿三緊張的說著。

方群抿了抿嘴巴，思索的目光望向遠方，一會兒後再度轉回阿三身上，「這斑點一開始像是鮮血般的紅色，過一陣子漸漸成了梅花狀的深紫色，然後才變成現在這種不規則狀的灰褐色模樣，是嗎？」

「是啊！方叔，您知道這是什麼玩意對吧？」阿三眼睛一亮，像是終於找到救星般的興奮，「拜託您快救救我們幸福島的居民吧！說真的，這副模樣怎麼見人嘛？我下星期還要搭飛機去日本參加我親妹妹的婚禮。算算時間，我們應該也有五年多沒見了。」

方群搖了搖頭，冷不妨的丟下一句爆炸性的建議：「取消機票吧，你應該是去不了日本了。」

「去、去不了？這這、這是什麼意思啊方叔？」阿三囁嚅的詢問，心裡有種大禍臨頭的預感。

「你身上長的那些奇怪的玩意不是過敏，而是一種罕見的屍斑。現在呈現這種駭人的顏色就已經到了嚴重的末期，一旦變成黑色，也就是宣告死期即將來臨。」

「什、什麼！您說……我……我會死？」這結論讓阿三雙膝一軟，就這麼禁不住的跌跪在地。

「屍、屍斑？」郝仁忍不住從遠方大吼：「那不是只有死人才會長的東西嗎？怎麼會長在活人的身上？分明是見鬼了！」

「是不是見鬼，這倒是值得研究的怪異現象，只怕沒那多餘的時間讓我們仔細查看了。唉……」方群感嘆的搖頭。

「我會死嗎？可是我還有很多事情沒交代……」阿三頓時陷入愁雲慘澹的情緒，無法自拔，「我們幸福島到底發生了什麼事？為何一夕之間……全部的居民都得無緣無故的死去……」

「難道沒辦法了嗎方叔？請您幫幫他們吧！」馬克看阿三痛苦低吼的模樣實在於心不忍，於是幫忙請求方群。

「不是沒想過幫忙，但恐怕機會渺茫，看這情況最多撐不到一個星期。」

「什麼！一星期？」阿三忍不住痛哭失聲，「我的妹妹呀……至少讓我見她最後一面啊……」

「老頭，拜託你別見死不救好不好！」郝仁終於看不下去，暫時顧不得會不會被傳染，直接跨步靠近方群大吼：「你不是一向最有辦法？麻煩你那精明的老腦袋動一動、轉一轉，幫幫這些可憐的幸福島居民吧！」

「嗯……」方群撫了撫下巴考慮著，「你們確定？我可要事先聲明一點，這任務恐怕沒有酬勞可拿，這樣我們還要蹚這渾水？」

「哇靠！我說老頭，你這老傢伙也未免貪財貪得太誇張了吧！」郝仁忍不住發出抱怨，「這種情況下誰還考慮有多少報酬？真是沒血沒淚沒心肝——」

「阿仁！」馬克向前捂住郝仁那張口無遮攔的嘴，他清楚方群的性格，知道方群其實心地善良，但自尊心卻萬萬激不得，「方叔，這裡也只有您有能力，如果可以的話，請幫忙想個辦法，替可憐的幸福島居民解決困境吧。」

郝仁搞懂馬克制止他的意思，並繼續加碼燃起方群的決心。

「對、對啊，老頭拜託幫幫忙啦！你若說不行的話，這世界上還有誰能夠辦得到？」

方群遲疑了半晌，這才緩緩的露出得意的笑容。

「哼！既然大家有志一同，那麼我們紅眼怪客團就即刻出動，進行我們的首次任務！」

NO. 3 神出鬼沒的小嬰兒

「什麼跟什麼嘛，這些該死的幸福島居民竟然拿我當小孩子看待……靠！是怎樣？年輕人做事就這麼不可靠喔？」

郝仁拖著沉重的步伐漫無目的的前行，就這樣來到了岸邊。

方才依照紅眼怪客團成員們討論後，郝仁被分配負責至幸福島的北方區域做訪查，他一一到各家民宅前客氣的按門鈴，當時居民透過對講機得知他是方群派來的人，便語氣興奮得像是遇到天神降臨般的喜悅；但是居民一出大門看到他的模樣和年紀後，那崇拜的眼神立刻變調，取而代之的是遲疑和不信任。

「真是見鬼了！虧我還在那邊為你們操心咧，到底是誰身上長了那些噁爛的東東？大不了不管你們的死活！」

原本郝仁滿腔的沸騰熱血，全被居民們的冷漠澆息了，真有一種拿熱臉去貼冷屁股的無奈感。

「現在怎麼辦？只剩下靠山邊的別墅沒去訪談，可是去了還不是會遇到同樣的鳥事？到頭來什麼都沒問到就被送出門外。哼！不過說到別墅，我還真是羨慕咧，這裡的房子都太讚了。」

郝仁既羨慕又納悶，他心想這座幸福島究竟是怎麼回事，是不是曾經開採過什麼石油或金礦之類的，否則大大小小的飯店和別墅林立，一棟比一棟還要奢華高級，看了真令人眼花撩亂。

「聽老頭說這座幸福島因為氣候宜人、環境好，所以長年吸引許多遊客前來度假，也有一些來自世界各地的富豪在此置產，難怪剛才看到的幾棟別墅真是高級到令人傻眼！」

本來郝仁剛來到小島時，見到方群的villa別墅後訝異到不行，不過繞了一趟後才赫然發現，每戶別墅都是極盡的奢華享受。

家家戶戶前院最基本的配備就是一座標準十二公尺長的游泳池，高級的大理石從玄關處一路往內延伸至室內；客廳裡擺放的幾組沙發，就算來訪客人超過二十位都不怕沒有位子坐。

「有錢人真爽，鈔票隨便往天空一灑，想要啥都能輕易滿足。我這輩子要怎麼樣才有機會賺大錢？」郝仁忽然想起他藏在家裡床底下的小豬撲滿，「幹！我的小豬公忘了拿出來！」

他方才一度還詢問當地居民，在幸福島打工的話，一個月究竟能賺多少錢，結果問到的時薪高得讓他錯愕不已。

「不過，就算是有錢人，還是有解決不了的煩惱，就像居民身上那些莫名其妙的屍斑……老實說，我還寧可一毛錢都賺不到，或者一輩子都無法擁有高級別墅，也不要皮膚長那出些威脅生命的斑點，太恐怖了！」

郝仁不禁感嘆的有感而發，畢竟人活在世上，健康絕對是最大的財富。

「會不會因為這些居民表面看似和善，其實背地裡都在從事一些黑心非法的勾當，所以老天爺才會看不下去，對他們集體做出懲罰……」

「哎呀！現在不是在這邊胡亂瞎猜的時候，聽老頭說他們的時日已經所剩無幾，如果再不快點找出原因，這座原本令人稱羨的幸福島，搞不好一夜之間就會變成可怕的悲哀島。」

但現在的盲點的是，雖然郝仁很想盡其所能提出幫助，心急的不想讓悲劇發生，但居民們卻不肯配合，他也無能為力啊！

「馬的！想要幫你們卻這麼不合作，大不了我撒手不管，要死要活是你們家的事！」郝仁不悅的低咒幾句，腳踢了一塊小石子發洩怒意，接著身體立刻警覺的往一旁移動半步，成功躲開了彈回來的石塊。

「哇靠！閃得好！」高揚的口哨聲得意的由郝仁的嘴角逸出，「左邊的紅眼睛已經夠嚇人的了，如果連右眼也失守，那我豈不是又得加上一副眼罩，乾脆再買一隻導盲犬。」

郝仁無奈的嘆了一口氣，伸手摳了摳被遮蓋住、有些搔癢的左眼，「唉！為了不想嚇到人只好戴著眼罩，不過這樣有夠難受。」

想到以前在學校的他可能因為體型較同年齡的其他人高壯，向來是引人注目的焦點，不過卻是惹人厭惡的那種。

「說實話，平常走在路上根本不會有人過來搭訕，但自從戴上這副鑲了八顆紅寶石的眼罩後，頓時成了眾所矚目的焦點。」

比方說剛才經過熱鬧的市集遇到婆婆媽媽們，都忍不住跑來把郝仁當動物園裡的動物圍觀，七嘴八舌的討論眼罩的材質及功能，說什麼他的模樣跟海盜一樣帥氣，並且要求一同入鏡、留影合照，甚至還有年輕女生朝他比大拇指。

郝仁還挺享受這般被簇擁的感覺，或許男孩在成為男人的這段路程中，誰都希望自己能夠成為別人眼中的英雄。

英雄……對郝仁而言遙遠的名詞，真有一天能夠和他劃為等號嗎？

「哈？有什麼好照的，全身用布蓋著密不透風，照片上分得出他們誰是誰嗎？真是有病咧。」郝仁彈了彈舌尖，「不過這裡的人倒挺樂觀，身上長滿怪東西還能笑哈哈，要是他們聽了老頭形容那是罕見屍斑的一種，我看他們肯定當場昏倒。」

「唉……太陽都快下山了，我這邊竟然一點進展都沒有，待會兒到南方的教堂和老頭他們會合，肯定會被嘲笑沒用。」無力感油然而生，郝仁乾脆席地而坐，面向蔚藍的大海，心情再怎麼壞也頓時變得開懷起來。

忽地，前方一抹嬌小的身影吸引了郝仁的注意。

一名看來年紀極小的嬰孩開心的在白色沙灘上奔跑，小小的腳丫子在柔軟的沙灘上踩出一道道淺淺的腳印。

「呵呵……」

小嬰孩跑啊跑的，忽然間轉過身來朝郝仁的方向揮了揮小手，清亮的童音和海浪進退的聲響相互交錯著。

「嗨！小鬼你幾歲啊？嬰兒吧你！」郝仁連忙舉起手回應，卻也皺著眉打量小嬰孩矮小且只包著尿褲的身體。

「呵呵……呵呵……」

銀鈴的笑聲持續著，宛如一首輕快的樂曲，輕鬆的旋律跟著海浪拍打著人們徬徨不安的心。

「怪了！誰家的小孩啊？怎麼放他一人在海邊玩耍，要是不小心被大浪捲走，哭都來不及……」

郝仁嘴裡不停的碎碎唸，視線跟著調皮的身影左右游移，忽然覺得自己似乎回到最初的那個純真、懵懂的時刻。

小嬰孩小巧的身形驀然間往前傾，小臉栽進了沙堆中卻沒有立刻爬起來。那畫面雖然逗趣滑稽，但說實在還真令人憂心。

「哎呀！小不點跌倒了！」

一秒、兩秒、三秒……

「還不起來，睡著了是吧？」郝仁並未在第一時間起身，只是待在原地觀望情況，猜想對方只是想惡作劇罷了。

郝仁向來是孩子王，非常懂得小傢伙們心裡究竟打些什麼算盤，雖然在同儕之間不受歡迎，但鄰居的小孩或者表弟、表妹們老是喜歡圍著他打轉。

那些孩童不見得會聽師長、家長們的話，但只要郝仁開口下命令，孩子們很奇怪的都會服從。

二十二秒、二十三秒、二十四秒……那小不點該不會是掛了吧？

「我這輩子只聽過被水淹死，還沒看過有人被沙悶死的咧！你這小不點可別讓我大開眼界啊！」

郝仁連忙起身跑向前去，顧不得腳上的夾腳拖鞋掉落了一只，只是拚命的往男童的方向衝去。

「小不點你怎麼了？還好吧？」

郝仁蹲下身軀，飛快的伸手將小嬰孩的身體翻轉過來，順道輕拍小臉上的白沙，想要確認孩子的安危。只見小嬰孩倏地睜開他圓圓亮亮的大眼睛，眨了眨後，隨即又咯咯的笑了起來。

「呵呵……呵呵……」

見狀，郝仁忍不住大吼：「靠！被騙了！你這臭小鬼竟然敢騙我！害我差一點漏尿咧！」

「呵呵……呵呵……」

「再笑嘛，我會讓你笑不出來！」

郝仁嘿嘿冷笑，伸出抖動的手指做出準備搔癢的姿勢，緩緩的往小嬰孩的腋下前進，他非得好好教訓一下這個頑皮鬼才行。

就在這時，小嬰孩忽然爬起身來往前跑了幾步，而後轉過身體朝郝仁做了個鬼臉，笑嘻嘻的調皮模樣可愛極了。

「給我過來！跟大哥道歉說你錯了。」

這該死的小不點，害他方才一度緊張到心臟快要跳出來，深怕因為自己的遲疑而錯失了搶救小生命的關鍵時機。

「呵呵……呵呵……」

小嬰孩沒有回應，只是不斷的發出清脆的笑聲，然後轉身繼續往前方跑去。

「該死的臭小鬼，給我站住！我今天要是不把你的小屁股打爛，我就不叫郝仁！」郝仁立刻起身跟上前去，卻忽然意識到自己應該先將掉落在十公尺外的夾腳拖鞋撿回來才是。「哼！你這小鬼最好不要被我逮到，否則絕對讓你……咦，人呢？」

郝仁往前方看去，轉身四處張望卻見不著任何身影。

這小鬼也未免太會跑了吧！他也只不過回頭撿個拖鞋，十秒鐘不到的時間就能讓一個連跑步都會不小心跌倒的孩童消失不見？

「難不成那小不點會瞬間移動？」

這麼一想，郝仁忽然間感覺到胸口湧出怪異的暖流，特別是左側胸口，有種蠢蠢欲動的爆發感，他連忙扯開白上衣領口低頭探測，意外捕捉到一抹稍縱即逝的微弱藍光。

「靠！什麼東東？」郝仁揉了揉右眼並用力眨了眨，「又沒了……難不成剩一隻眼睛，看著看著就成了青光眼喔？」郝仁摳了摳左胸口處的胎記，確認沒任何異狀後才又將領口拉回原處。

「對了！剛剛那小鬼頭怎麼回事，冰棒啊？」

方才郝仁觸碰到小嬰孩的身體時，掌心襲來一股異常冰冷的觸感，只是當時他一心只想到要救人，並沒有考慮那麼多，現在想起來才覺得不大對勁。

「靠！該不是又見鬼了吧？」

特別是小鬼頭那乍聽之下可愛的笑聲，讓郝仁隱約感到毛骨悚然……

「不行！一定得把事情弄清楚，否則心裡發毛得難受……小鬼往那個方向跑去……對了，這沙灘走到底就是通往最後一間還未造訪的別墅，或許小不點就是那戶人家的小孩也說不定。」

◆※◆※◆※◆

一輛高級房車停靠在純白色的兩層樓建築物前方，約莫五十多歲的中年司機連忙下車打開後座門，方便乘載的貴客相繼步出車外。

「玉萍妳看，我就是在這裡出生的，但因為當時年紀太小，所以沒有任何記憶。」

男人攙扶著臉色蒼白的女人，心裡湧起一股難以形容的惆悵感。

「算一算，剛好有將近三十九年的時間沒回到故鄉，我想我爸媽也一定很想回來這邊看看。雖然時間久了，但好在別墅區定期都會有專人來整理打掃；前陣子我請人將房子的內外部進行裝修，看起來就像新的一樣，對吧？」

「嗯，老公，這邊的環境就跟你形容的一樣，空氣好、寧靜、氣候舒爽，是個適合居住的好地方。」

徐浩牽起太太的手，臉上揚起溫柔鼓舞的笑容，「我就知道妳會喜歡，這段時間我們就先待在這邊度假，暫時什麼事情都不要想，盡情享受美麗的陽光海岸，希望妳能夠因為住在幸福島而感染這裡幸福的氛圍，然後快快恢復往日健康的模樣。」

「嗯，我一定會努力好起來，否則就太辜負你的好意了。」女人點點頭，蒼白的臉上擠出一抹虛弱的笑靨。

司機馬見安靜的站在一旁，等待眼前的兩人對話完畢。

他不著痕跡的打量眼前一對夫妻，表情看似平靜，實則對徐董的身分感到好奇，然後目光又瞥向左前方宏偉的建築物。

這棟最近才改建完工的別墅，據說是幸福島上的第一棟別墅，至於以前究竟住著哪號人物一直以來都是個謎，他偶爾經過此處總會覺得有種難以言喻、不大舒服的感覺。

徐浩董事長是某家企業的負責人，該企業跨足了影視、雜誌、出版等多項範圍，也因為三十九歲如此年輕便擁有這番成功事業的緣故，便時常受到媒體的採訪。但馬見比較在意的是，自己不知何時曾在某個報章雜誌上看過徐董的檔案，出生地竟然就在幸福島，原本遙不可及的人物就這麼多了一份親切感。

見兩人將注意力放至他身上後，馬見這才適時的開口說話，態度恭敬有禮，「徐董事長、董事長夫人，跟你們說明一下，前天運送過來的行李已經全部幫你們送進屋內了。另外，臥房的床單和枕頭套也都是今天下午負責打掃的萱兒重新換過，請安心使用……若還有任何需要，請按下客廳電視旁或者主臥房茶几上的銀色按鈕，很快就會有人詢問服務的內容。」

「好，謝謝。」

何玉萍也跟著先生微笑點頭，「不好意思，麻煩你們了。」

「不會不會，這是應該的。還請董事長和董事長夫人好好休息，長途的飛行旅程應該也累了。另外……」

馬見話才說到一半，就被前方急忙跑來的人影打斷了。

「各位打擾一下，你們有沒有……有沒有看到……看到一個……小、小……」

郝仁見別墅大門前方有人，氣喘吁吁的趕緊跑過來詢問，只是一時間斷斷續續的字句根本無法清楚表達他的來意。

他自沙灘一路奔跑到幾乎靠山邊的盡頭，這段路程不算太長，但其中有需要攀爬一公里左右的上坡路段。從遠處看，還以為距離不算遠，等到達後，卻已經到了天色漸昏暗的時刻。

「喂喂！你慢慢說別急，否則誰聽得懂你這年輕人在說啥。」馬見凶神惡煞的說著。

他當司機三十多年來也訓練過不少年輕人，像這款性格莽撞的肯定會被他淘汰。雖然他知道這位年輕人的身分，聽說是方群叔帶來的高手，但總覺得年輕人還是無法給人可靠的感覺。

「那個小孩……請問一下喔……你們、你們有沒有看到一名年紀大概，欸，到底幾歲啦？小不隆咚卻又能走路……哎呀！管他幾歲，就一個矮矮的小朋友啦，有看到他跑來這邊嗎？」郝仁一鼓作氣說出來意，胸膛劇烈的上下起伏著。

「呼……可惡……爬這段路差點沒讓我虛脫……」郝仁平時體力算不賴，但爬坡路段以狂奔的方式跑了將近十分鐘，短時間內很難恢復平心靜氣。

「小朋友?怎麼可能會有什麼小朋友到這裡來，真是胡說八道！」馬見忍不住提高聲調，「這個區域也只有徐董事長他們的別墅而已，再說你爬到這裡都喘成這副模樣了，更何況是小孩子。我說你啊，要找小孩玩耍就去別的地方，不要跑來這裡亂。」

「喂喂喂!誰說我來玩耍的！拜託，我可是來調查辦案的，也不想想是為了誰，不就是你們這些身上長了噁爛東西的居民！」

一聽就知道對方壓根看不起他，郝仁心裡壓抑不住鬱悶不平之氣。

「再說，誰來亂的?我之前在海灘那裡看到一個小小嬰孩跑過來這方向，還以為他是這棟別墅的小孩咧!沒看到就算了，我去其他地方找不會?哼！」

忽地，何玉萍激動的走近郝仁面前。

「小孩?你說小孩嗎?他跑來我們這裡嗎?還有，他長得什麼模樣?是我們家小寶，很可愛對吧?」

郝仁皺著眉頭想了一下，有點納悶這婦人為何如此激動，「嗯，這個嘛，可愛是可愛啦，不過太調皮就是了。」

「老公，是我們家小寶，一定是小寶來找我了！」何玉萍歇斯底里的叫喊，凹陷的眼睛顯得更加空洞，「沒錯，是小寶，我的小寶……你說他跑來這邊嗎？在哪兒呢？我怎麼沒看到……小寶！媽媽在這裡，媽媽好想你……小寶，快點過來媽媽這邊啊……」

「玉萍，妳冷靜一點。」徐浩趕緊伸手拉住欲往深山跑去的妻子，並試圖安撫她失控的情緒，「妳千萬要接受這個改變不了的事實，小寶他已經……不在了。」

「誰說他不在了！小寶一直都在我們的身邊！」何玉萍奮力扭動著身體想要掙脫箝制，「我要去找他，萬一他迷路了怎麼辦？」

「好好好，妳別激動，我們先進家裡去，外面風大，很容易著涼的。」

「不要，我得先去找我的小寶……」何玉萍空洞的眼神驀然發亮，管不住自己直往前方衝撞的身體，「小寶，你到底跑到哪兒去了？在跟媽媽玩躲貓貓嗎？不要再玩了好不好？快過來媽媽身邊，媽媽真的好想你……」

「玉萍，拜託妳冷靜一點，別這樣好不好？」徐浩使盡全力制伏住妻子不斷掙扎的身體，卻無奈抵不過她失控的力道。

「喂！還站在那裡發呆幹嘛？快過來幫忙！」

司機馬見早在第一時間便出手相助，怎奈失控的情況讓他嚇得有些腿軟，便瞪了一下愣在原地動也不動的郝仁，嘴裡不忘碎碎唸的抱怨：「這情況還不都是你造成的！現在的年輕人說話都不經大腦……快幫忙徐董拉住夫人！」

「我造成的？我到底是做了什麼……哼！知道了啦！」郝仁接到指令後連忙跟著一同前去協助，眼前的情況著實讓他感到錯愕。

他們三人合力將何玉萍攙扶進了屋內，原本歇斯底里的她可能一時間承受不了激動的情緒，忽然間就這麼癱軟倒在徐董事長的懷裡，然後被抱進一樓的房間內。

馬見趕緊打電話通知阿三，阿三接到通知立刻載著醫生來到別墅。

◆※◆※◆※◆

「我今年是不是犯太歲啦？怎麼老是遇到怪事。」

郝仁蹺著二郎腿坐在鞋櫃旁的穿鞋沙發椅上等待，左腿忍不住抖了起來，但沒十秒鐘又坐不住，起身前去房間外徘徊踱步。

「現在到底是啥狀況？」

他只不過是跑來確認，在沙灘見到的小嬰孩是不是在這幢別墅罷了，壓根沒料到竟然會引發這般難以收拾的局面，那什麼董事長夫人的可千萬別出什麼事才好，否則他不就衰到還要進警局做筆錄。

「看什麼看！偷偷摸摸的，這裡沒你的事！」馬見敲了一下賊頭賊腦、不斷拉長脖子朝半開的臥房門內瞧看的郝仁。

「喂！幹嘛隨便打人，我只不過是想看看……」

郝仁還未吼完的抱怨聲響頓時被對方伸來的掌心阻止住。

「噓——給我小聲一點！你這大嘴巴是又想把夫人吵醒是吧？」馬見壓低音量提醒，對郝仁那莽撞的行徑忍不住翻了翻白眼。

「哈哈，對齁……我都忘了裡頭有昏倒的人。」郝仁不好意思的搔了搔頭，自覺理虧因此傻笑得很卑微，當然也識相的小聲說話：「人家只是想知道醫生的診斷結果如何，我才不想來到幸福島的頭一天就要被送進牢裡蹲，留下老頭日後酸我的把柄。」

馬見白了郝仁一眼，「好在夫人已經沒事了，你大可放心不用坐牢。什麼鐵石心腸的年輕人嘛，見人家遇到麻煩不同理心的替人祈福就算了，只一味的想自己能不能脫身。唉，看來一代不如一代啊！」

眼前這位大叔脾氣古怪，看來還挺不好相處的，郝仁嚥了一下口水，百口莫辯，表情無辜道：「我……蛤？真是衰到極點，躺著也中槍。」

此時，半掩的房門打開，徐浩和醫生及阿三相繼走出來。

「我太太的情況還好吧？她今天不過只喝了杯牛奶和吃了一點麵包，剛才卻吐了好多東西。」徐浩嘆了口氣，看來要她太太回復到以往的模樣，可能還需要很長的一段時日。

「沒事了，可能是夫人搭飛機時間長，再加上情緒受到嚴重刺激，才會引起嘔吐症狀，但吐過之後，她的呼吸氣息也逐漸穩定下來。不過，這幾天最好不要再讓她受到任何刺激，多喝點溫開水，並且盡量能讓她多多進食，畢竟要把身體養好，需要有足夠的營養才行。」

「唉！其實我也不知道該怎麼辦才好……」徐浩因方才使盡力氣阻止何玉萍掙扎，現在確定情況穩定後，他全身上下驀地湧現一股痠痛感。

「不瞞你們說，我太太之所以會如此激動，是因為半年前我們家五歲大的孩子小寶因病過世。那孩子是個早產兒，打從一出生就是在保溫箱裡長大，就算出院回到家中，時常還是因為病痛而往醫院裡跑……最後還是回天乏術，無法讓他繼續留在這世上。自從孩子走了後，我太太的魂魄好像也跟著被吸走了一樣，整天不吃不喝的，前陣子還得靠打點滴來維持生命。」

「唉！真是辛苦你了。」醫生忍不住拍了拍徐浩的肩膀以示安慰。

阿三也跟著有感而發，嘆道：「命運真是捉弄人，一個可憐的小生命根本都還來不及長大啊！」

「嗯……」徐浩淡淡的牽動嘴角，他不喜歡愁雲滿布的氛圍，卻一直無法從中跳脫出來。他嘆了一口氣，說：「財富和名利只要肯努力，誰都有機會創造和擁有，但唯獨逝去的性命是怎麼也無法用任何東西換回來的。」

孩子走了，徐浩當然也很難受，甚至常常在夜深人靜時刻感到自責不已，總覺得是因為自己的疏忽讓可愛的小生命消失。只是妻子比他還慘，目前的狀況幾乎跟死了沒什麼兩樣，真不知該如何是好。

「所以徐董之所以會到幸福島來，為的就是希望夫人在這兒好好安心的養身體吧？」謝醫師猜測道。

「嗯，希望玉萍在這裡可以受到祝福，好讓虛弱的身體能夠漸漸復原。」徐浩再度嘆了一口氣，臉上兩條更為深刻的法令紋使他看起來格外的疲憊不堪。

「對了，有件奇怪的現象我一來到幸福島就發現了，只是剛好沒什麼機會詢問，居民們為何都要在身上裹上一條布？這種天氣做這樣的打扮不熱嗎？還是島上最近有特別的活動？」徐浩問道。

「呃，有關這個嘛……」

謝醫生頓時被問得啞口無言，不知該怎麼回應才好，他轉頭和司機馬見交換了一下眼色，得到的卻是同樣不知所措的表情。

一旁的阿三心裡可慌了，掙扎著該不該說出實情。

哎呀！這該如何回答是好？人家都說是難得回來故鄉，隔了那麼久回到這裡，如果跟他說居民發生了史上難得一見的恐怖現象，他或許會立刻搭飛機逃開吧。

「哈囉，徐董事長你好，先鄭重的自我介紹一下，我的名字叫郝仁，如果不嫌棄就直接喊我阿仁吧。」郝仁知道那三人的為難，於是適時的出面打圓場。

「我是頭一次來到幸福島，很抱歉剛才嚇到夫人。我不是故意的，希望你別介意。還有，聽說島上最近吹起阿拉伯風，我也正想去買條布來加入一下，哈哈！」

「沒事，不是你的錯，茫茫人海中能相遇就是種難得的緣分。」徐浩友善的握住對方伸出來的手，壓根沒有富貴人家的架子，「阿仁，你和家人一起來幸福島度假嗎？」

郝仁搖了搖頭，道：「怎麼可能和家人來度假，我家人才不會鳥我咧！我是和幾個……朋友，對，和朋友一起來的。」

老頭、馬克、王子和馨萍姐……算朋友嗎？他和美屍坊裡頭所有成員之間的關係，絕對不是簡單幾句話可以形容的。

「嗯，年輕真好。」徐浩逐漸恢復體力，能離開爾虞我詐的商場，和人毫無機心的放鬆聊天，彷彿為身體注入了一股新的力量，「祝福你和你的朋友們能玩得開心，享受這邊的陽光、美食和新鮮的空氣。」

「哈，玩得開心？這怎麼可能嘛。」郝仁歪嘴冷笑了一下，很自然的侃侃而談，「我們本來一開始也是來度假的，我那老朋友在直升機上不斷向我們炫燿這裡有多美好，結果來到這裡赫然發現根本一切都是騙局。這座島上的居民不知出了什麼事，全身上下長滿了噁心的……」

「咳！咳！」

謝醫生和阿三有志一同的用咳嗽聲來阻止郝仁的失言。

「蛤？這種天氣也會感冒喔？」郝仁不滿的瞪向打斷他發言的二人，忽然之間才驚覺到自己差點露餡。「靠！我在胡說八道些什麼！」

阿三哥說過為了怕影響島上的觀光人潮，因此大夥兒說好不能讓外來者知道有關屍斑的事情……眼前這位徐董事長雖然曾經是小島居民的一分子，但畢竟已經離開將近四十年的時間，感覺也已經成了外人吧。

「怎麼，發生了什麼事嗎？」徐浩察覺到氣氛似乎不大對勁，但也敏銳的感覺到他們並不希望讓某些事曝光。

「哈哈！沒事、沒事！」郝仁立刻乾笑幾聲化解尷尬，靈活的腦筋轉了一下，趕緊帶開話題，「對了，徐董事長你說夫人一直無法進食，所以身體才會那麼虛弱，對吧？」

徐浩苦笑了一下，「嗯，其實我也一直為了這事感到苦惱，既然是來度假的，這段時間我想暫時跟工作脫離關係，不要老是開口閉口叫我董事長，我的名字叫徐浩。阿仁，如果你不介意的話，可以叫我徐大哥。」

「是，徐大哥，比起一般名人高高在上的死模樣，你真是夠親切的。對了！我的朋友馬克對味覺超級敏銳，這次也和我們一同來到幸福島度假，他曾經在知名餐廳待過，雖然身為品酒師卻也練就一身好廚藝，據說他向來對沒有胃口的人非常有辦法，就像我從小一直不敢吃的青椒，經過他巧手烹調後，我竟然也有敢把青椒吞進嘴巴裡的一天。乾脆明天我帶他過來看看，或許對夫人會有幫助也說不定。」

「好，那我就先謝謝你了，如果真能讓我太太進食，那對我來說真的是放下心中一大塊石頭，最近為了這事我真的很頭痛。」

「別擔心，徐大哥，我們一定會幫你想想辦法的。」

「好。」徐浩感激的拍了拍郝仁的肩膀，接著朝司機馬見的方向看去，「馬見哥，麻煩你開車回去的時候，順道把阿仁他們送回去。」

「不用麻煩，我自己有開車過來。」謝醫師婉拒道。

「那好，就請幫我送阿仁吧，還有裡頭那位前來幫忙的……叫做……」徐浩一時間想不起那女孩的名字。

阿三回答道：「您說萱兒是吧？」

「啊？在找我嗎？」萱兒恰巧捧著餐盤輕巧的走出來，白瓷盅內的粥品動都沒動過，她皺眉道：「我想應該到廚房去倒一杯溫水來讓夫人吃藥，夫人現在什麼都吃不下，這樣不行啊！」

「沒關係，妳把東西放著，我晚一點會餵她吃的。」

「徐董，我本來想說讓萱兒留下來幫忙照顧夫人，這樣董事長晚上就可以安心的休息。」阿三提出建議。

「真的不用麻煩了，大家都回去休息吧，玉萍我會自己照顧的，我想你們也累了。」

「那麼溫水……」萱兒拿著空玻璃杯，不知道是不是至少該倒杯溫水再離開。

「放在桌上吧，我等一下自己會倒。現在已經不早了，很抱歉打擾大家用晚餐的時間，其實原本應該好好招待大家的，只是現在不方便，我想改天再請大家來家裡好好吃頓飯吧。」

「好啊，一定要邀請我來喔，我最喜歡被人請吃飯了。」郝仁熱情的大喊，不說吃飯還好，說著說著肚子開始抗議了。

「放心，當然不會忘記你的。」徐浩點頭微笑。

「喔，對了！在後院草地上玩耍的小少爺，我要不要先過去把他抱進來休息？」萱兒忽然想到便開口詢問，「還有喔，可愛的小少爺遞給我這個嬰兒娃娃，好像是要送我當禮物一樣。」

「小、小少爺！」

聞言，大夥兒全都震驚的喊出口。

「對啊，我剛才把夫人沾到嘔吐物的毛巾拿到後院的洗手臺清洗時，看到一個很可愛的小嬰孩……請問有、有什麼不對嗎？」

萱兒總覺得在場所有人的表情都怪怪的，難道她說錯了什麼？

「等等！妳說的那個小嬰孩該不會是我在沙灘上……」郝仁很高興終於有人肯為他背書，否則方才大夥兒都以為他睜眼說瞎話。

「徐董事長，您別聽她亂說話。萱兒和阿仁這兩個孩子腦筋都有點問題，時常會出現幻聽和幻覺的現象，那個……我先把他們兩個帶回去，就請您和夫人好好休息吧。」

「幻覺？可是我清醒得很，不然阿三哥你覺得這嬰兒娃娃是誰送我的？你知道我向來很少買這些東西，再說……」萱兒還想解釋下去。

「什麼都別說了！這娃娃是我剛帶過來，想寄去送給我妹妹的禮物，妳怎麼會不經我的同意就把東西拆開來！」阿三搶下萱兒刻意舉高的嬰兒娃娃藏在身後，實在是不想再惹事端，他急忙道：「徐董，再會了。」

「嗯，你們慢走。」徐浩清楚事情似乎有蹊蹺，只是目前他太太的狀況比較要緊，因此無暇多想其他。

「徐大哥，再見了。」郝仁被推著往大門邊走去，他真不知道阿三哥和這謝醫師到底在急什麼，沒法子，他只好轉頭揮手道別，「我一定會帶我的朋友馬克過來，等我蛤！還有，好好的休息喔。」

「好，我會的。你們慢走。」徐浩微笑揮手送客，只是掛在臉上的笑容瞬間消褪。

「唉……」他長長的嘆了一口氣，緩緩走向客廳的落地窗，望向點了幾盞造景燈而呈現昏黃的後院，疲憊的神情顯得更加哀傷，「小寶，真的是你嗎？你回來看爸爸和媽媽了？」

NO. 4 賺錢的機會來了

郝仁急忙衝回方群的高級別墅，氣力十足的吼聲打破了原本靜謐的氛圍。

「夥伴們，快過來聽我說些怪事！」

夜晚的後院點上幾盞燈火，形成一股溫暖而不刺眼的色調，馬克恰好從泳池內起身，他甩動濕淋淋的及肩長髮，晶瑩剔透的水珠在那肌理分明的胸膛上閃閃發亮。

「這麼晚回來，辛苦了。」馬克拾起腳邊的毛巾輕輕的擦拭著身體，眼睛周圍的水珠刺得他暫時瞇起眸子，彷彿雜誌上出現的模特兒般有型。

「莽莽撞撞的跑回來，你這惡習何時才會改進？」方群則是悠閒的蜷曲在躺椅上，一旁的茶几擺放著各式各樣的水果飲品，他抖動著瘦乾的小腿隨意哼唱，眼看就要準備沉入夢鄉。

「那不重要啦！先跟你們說正事。」

郝仁撫平氣息後，一屁股坐上空著的躺椅，興沖沖的分享敘述：「我本來挨家挨戶去做訪查，不過居民看我年紀輕，似乎都不大願意相信我，所以我就喪氣的走著走著，經過沙灘的時候忽然看到一個小嬰孩在玩耍，他還故意裝死，我為了懲罰他、想打他的小屁屁，結果這小子竟然拔腿就跑，一溜煙的往山邊跑去，我連忙追了過去直到……」

「聽你在放屁！」方群猛然開口打斷郝仁的話，「小嬰兒會走路？還拔腿就跑？你這臭小子根本是在痴人說夢話，說謊還不打草稿的。最好會有人放一個小嬰兒獨自在沙灘玩耍，然後他還會自己在那邊演戲裝死！你啊偷懶就直說，少給我在那邊亂編故事！」

「馬的！誰亂編故事了？我真的有看到跟嬰兒一般大小的小小孩，更怪的事情在後頭！我胸前靠腋下那邊有枚從小就有的胎記，你們相不相信，它那時候還突然發出一種什麼顏色的光……藍色……還是青色……」

瞥見方群一臉看好戲的表情，郝仁忽然間說不下去了，「越說越虛，懶得跟你解釋下去。」

「啐！」方群雙手環胸冷哼，「你說小嬰兒能走路？還瞎掰什麼能大步大步的奔跑？要不要我幫那小鬼去報名金氏世界紀錄？還有，你那什麼胎記能發出藍光的，想當編劇寫小說是不是？如果不是，那你肯定是見鬼了！」

「什麼！你說見鬼？」

「唷，那麼激動，編故事編到心虛了對吧？」

「心虛？你這臭老頭倒是說說看我哪裡心虛了！」

「對了，阿仁。」馬克意識到氣氛越來越緊繃，於是趕緊將話題帶開，「你怎麼會那麼晚回來？」

「哼！說到這個才幹咧！我們原本不是說好要在教堂碰面嗎？結果你們兩個全偷跑回來這裡享受，也不想想如果放我獨自一人像白痴一樣站在那裡枯等，人家看了還以為我是迷路的小孩咧。」

「哼，小孩？」聞言，原本要打盹的方群立刻清醒，「拜託你去灑泡尿照照鏡子，才不到十八歲就看起來那麼蒼老，誰會笨到以為你是小孩？」

「你才看起來蒼老吧，臭老頭！老不休！」郝仁不甘示弱的回嘴。

方群方才的怒氣未消，加上另一波襲來，便立刻火力全開；郝仁這一開口立刻造成一老一少又如往常般扭打在一塊兒。

「你這臭小子的頭還真大嘛！」方群被對方這麼一撞，眼前頓時天旋地轉。

「你這臭老頭的牙齒依然很利啊！」郝仁咬著牙，隱忍前臂尖銳的刺痛感。

見狀，馬克踏著從容的步伐前去當和事佬，似乎已經見怪不怪了。他無奈的搖頭大嘆道：「唉……怎麼又來了。」

這一趟來幸福島的前夕，方勤克和方馨萍特別再三交代要看好他們兩位，否則一不注意，就很有可能讓他們發生兩敗俱傷的局面。

「好了，大家各讓一步吧，沒必要自己人打自己人。」雖然馬克的語氣溫和，卻是使盡力氣才將纏在一塊兒的兩人分開，「在這麼棒的地方應該好好享受才是，不要浪費美好時光嘛。」

「幹！」郝仁搔了搔因頭髮遭拉扯而痛癢的頭皮。

「哼！」方群撫了撫抽痛的下顎。

馬克見情勢稍緩，便繼續說下去：「再說阿仁，我們剛才在教堂等你將近一個鐘頭才回來的，你就別找方叔麻煩了。」

「哼！沒錯。本來說好最晚六點半在教堂前面集合，結果等到快八點你還不出現，我看你這臭小子肯定是自己跑去玩樂，害我們兩人晚餐拖到九點多才吃，根本是把晚餐當宵夜了。」方群不悅的指控。

「誰說我去玩，我可是去辦正經事耶！」郝仁不爽的解釋。

「好，那你就說說看，到底去辦了什麼正經事？」方群挑眉，一臉狐疑並帶點不屑的口氣問道：「喔，就是你剛編的那些是嗎？」

「方叔，我想阿仁應該不會對我們說謊才是。」馬克出面替郝仁背書，技巧性的再將話題轉個方向，「對了！我負責訪查的範圍多半遇到的都是外來的觀光客，他們的皮膚和我們一樣沒出現問題，卻對當地居民身上全披上黑布感到新奇，因此也開始爭相模仿了起來。」

「難怪我經過市集的時候，看到一家布莊擠滿了人，原來都是一些想買布的傢伙。」方群搖頭大嘆：「這些人吃飽沒事幹，看人家披布就想學，殊不知居民的苦衷。」

「沒錯！這些笨蛋學人精！這種天氣在身上掛條大布，就算身上沒長屍斑，久而久之也會冒出個什麼疹子之類的，這裡到底發生了什麼事啊？」郝仁不屑的批判，並將矛頭指向方群，「老頭還大言不慚的說什麼這裡叫幸福島咧！表面上看起來很美好，四處都是美輪美奐的別墅，但事實上卻沒想像中的幸福快樂。」

「哼！你這臭小子別想故意帶離話題，這麼晚回來到底是跑哪兒去混了？別給我再扯什麼追小嬰兒跑那套！」

「哼！不相信就算了，反正不差你一個，剛才在徐大哥那裡也沒人肯相信我的話，除了那個叫做什麼萱兒的。」

郝仁乾脆放棄爭辯，拖著沉重的步伐往躺椅的方向走去，餓著的腹部開始繼續作怪。

「都快餓死了，還好有三明治可以充飢。」他一連拿起茶几上六個一口大小的三明治送入口中，猴急得差一點噎到。

「阿仁，吃慢點，這裡沒人會跟你搶。」馬克好心提醒道：「這三明治味道很棒，清爽的小黃瓜用特製的梅醬醃製，在口腔添加點酸甜的刺激感，更能促進食欲。」

「促進食欲？你看我還需要促進食欲嗎？」郝仁邊說邊拿起另一個裝有薯條的盤子，大把大把的將薯條送進口中咀嚼，「對了！說到促進食欲，倒是有個人很需要你的幫忙，聽說她已經好久都吞不下……咳、哈、咳！」

一根薯條就這麼卡在喉腔間不上不下，嗆得郝仁暫停言語，起身用雙手猛壓自個兒的腹部與胸腔間，這才將哽住喉嚨的食物咳了出來。

「啐！這個餓死鬼！」方群瞪了一眼後又回到躺椅上坐好，「這小子就會破壞氣氛，本來都快要進入夢鄉的，被你這麼一打斷，又得重新培養睡意。」

「呃！咳！」郝仁懶得計較，緩緩的再躺回躺椅上。他吃了點東西後，也開始感到筋骨放鬆。

這時，王子沿著石壁走來，姿態一如往常的高傲優雅，銀白的毛髮在夜色中形成了一種神秘的色調。而後牠一躍而下，動作迅速敏捷。

「王子，你嘴裡咬什麼東西？」馬克好奇的問。

聞言，方群也將視線移過去，接著眼睛頓時一亮。

「是《靈報》。哈！真有他們的，沒想到我沒知會一聲來到這裡也一樣送達，看來我砸下大筆金額訂這份報紙可真沒白費啊！」方群得意的哈哈大笑，並且伸出手來，「乖王子麵，快把《靈報》拿來給我。」

「喵～」

王子難得乖巧的將報紙叼了過去。

「方叔，請問這份報紙是誰送來的？」馬克不解的問。

他們方才回來時信箱並未出現任何東西，何況這時間哪裡還會有人來送報？

方群回道：「這個嘛……據他們的說法是……那叫什麼來著……喔！對了，是黑暗的使者。反正這玩意很玄的，到底是誰發行印製的至今仍然是個謎，我只管訂報紙，其他的沒想那麼多。」

「《靈報》？什麼鬼東西啊，我怎麼連聽都沒聽過？」郝仁吞了一口巧克力蛋糕後，忍不住發問。

「哼！如果大家都知道《靈報》是啥玩意，那我就沒戲可唱了。」方群老臉笑得賊兮兮，「對了，你們不是時常問我，到底從哪兒賺來那麼多財富嗎？我就大方的跟你們透露，就是因為這份報紙帶來的商機啊！」

「真的假的？那也趕緊幫我訂一份。」郝仁睜大眼眸看來興趣濃厚，「我正需要商機，畢竟想買的東西太多了。」

「臭小子，好好吃你的蛋糕吧！這玩意不是想訂就有，首先你得付出龐大的金額，可惜你是個被逐出家門的窮小子；再來就是得擁有難得一見的機運，我簡單的形容，能訂到這報紙的機會就跟中樂透頭獎一樣的微乎其微，所以你們就別妄想，好好的跟著我就對了。」

「哼！你就直說要我們給你拍手稱讚算了，意思就是別人都得不到，可你這老頭卻能擁有，真是不簡單啊！」郝仁還故意拍手叫好。

「啐！懶得跟你說。」一方群努努嘴，瞪了身側狼吞虎嚥的傢伙一眼後，便從王子的嘴巴抽走了《靈報》，攤開來仔細的查看。

《靈報》雖說難以獲得，但看起來就和普通的報紙一樣沒什麼差別，空氣中瀰漫著不大好聞的油墨氣味。

王子知道任務完成後，隨即跳上郝仁的大腿，伸出前腳理了理自個兒柔順的毛髮，偶爾張口接下送來口邊的三明治，伸了個懶腰後再爬上郝仁寬闊的肩膀繼續玩耍。

「喂！王子麵，拜託你不要動不動就扯我的眼罩，你該不會也想做一副來戴吧？」郝仁一面抱怨，一面扯下被弄得歪斜的眼罩。

他之所以會戴上眼罩是不想嚇壞外頭的人，但此刻只有他們紅眼怪客團的成員，因此他不需要防備隱藏。

「阿仁，看來王子真的很喜歡你。」馬克微笑道，伸手輕輕撫摸王子那柔軟的毛。

「那當然，或許因為我看起來比那老傢伙親切多了。」

郝仁朝方群的方向白了一眼，他以為對方會反擊，沒想到對方卻沉浸在自己的世界裡，彷彿靈魂都被那來路不明的怪報吸進去似的。

「喵～～」王子輕輕叫了一聲後似乎也累了，於是倒臥在郝仁的大腿上準備補眠。

「啊～呼～」郝仁伸了個長長的懶腰，哈欠頻頻，「吃飽就想睡。說真的，折騰一天也累了。」

「是啊，運動過後也應該休息一下。」馬克跟著坐回躺椅，雙手交疊在頸後，隨意一躺，卻能表現出最優雅的姿態。

夜晚的游泳池畔，偶爾一陣涼風徐徐吹來，靜謐的空氣蘊含一股溫暖的氣息，美好的感覺就像催眠曲般，安定了所有人的情緒和靈魂。

只是好景不常，一聲吶喊徹底打破了原本的安詳氛圍！

「哈！各位紅眼怪客團的成員們，賺錢的機會終於來囉！」方群猛然從躺椅上爬起來，拔高的聲響迴盪整個游泳池畔。

「老頭，你又怎麼了？又不是失火，幹嘛叫得那麼激動？」郝仁被驚醒彈起身體，王子也警覺的早一步跳至茶几上。

「走！我們現在就賺錢去。」

「現在嗎？我們要去哪兒呢？」馬克起身穿上T恤，將半乾的髮絲束起在腦後。

「就在離這兒不遠的石頭島。我透過《靈報》得知，那邊曾經有一家世界知名生產狗罐頭的工廠，後來因為員工離奇失蹤，還發生了一些怪事。我們過去看看吧，案主的名字叫章凱翔，若我們辦到他的需求，那就等著收錢吧。」

「蛤，狗罐頭工廠？去那裡做什麼？我又不吃罐頭。再說我們急著出發幹嘛？既然有案主，那不是應該好好跟案主見個面討論後，再去也不遲啊！」

「跟案主見面？你若想跟他見面，就再多塞點薯條看看能不能噎死，死了大概就可以跟他見面好好深談了。」方群邊說邊揚起右嘴角，覺得郝仁這番言論還挺逗趣的。

「所以方叔的意思是，這個案主是……」

「靠！死人！我們這回又要幫死人喊冤啦？」郝仁忍不住翻了翻白眼。

「好了，大家快去準備，二十分鐘後就出發。我先去聯絡阿三幫我們備船，據說很快就能到達石頭島。」想到又有大筆的財富即將進口袋，方群整個人變得活絡了起來。

「先等等！」郝仁想想覺得不對勁，立刻發出異議：「我們不是說好要留在這裡幫助幸福島的居民嗎？現在屍斑的事情都還沒解決，就要拍拍屁股走人？我還答應徐董要帶馬克過去他那邊幫忙……」

「噓——」方群打斷郝仁的滔滔不絕，擺擺手道：「反正留在這裡幫忙也沒錢可拿，你們知道石頭島事件開出的價格是多少嗎？一萬靈幣耶！這筆錢我怎麼可能眼睜睜的看它飛走！」

「等等老頭，我們哪裡懂得靈幣要怎麼換算，你能不能幫我算算一萬靈幣相當於多少美金？」郝仁感興趣的問。

「我看看啊……」方群掏出手機大約換算了一下幣值，「相當於一百八十萬美元，你們說這機會我們能放過嗎？」

「我覺得不是多少錢的問題，而是要看事情的重要性。畢竟幸福島的居民們正處在水深火熱的狀態中，我們怎麼可以因為有賺錢的機會就離開。」馬克認真的分析，「雖然和島上的居民非親非故，但就這麼離開總覺得於心不忍……對吧阿仁？」

郝仁話鋒一轉，「其實話也不能這麼說啦……」

見錢眼開者，什麼禮義道德壓根往旁丟去。

「雖然居民們有困難，但那個名叫章凱翔的死者也有求於我們啊！我想我們是不是應該先過去那邊瞧瞧，回頭再來想想辦法？」

「別考慮了，再說你們想想看，我們三人今天分別深入島內探訪了一個下午，也找不出任何蛛絲馬跡。」方群最厲害的一點就是非常會說服人，「待在這裡乾等也不是辦法，不如先去另外一座島把錢賺回來，搞不好換個地方思索，還能夠找出什麼相關的端倪也說不定。」

馬克想了想後點頭，「好吧！我想就照方叔說的先去石頭島看看，說不定那裡的人也需要我們幫忙。」

「沒錯沒錯，我們就別在這邊拖拖拉拉了。」郝仁現在一點疲累感都沒有，想到可以賺進這麼多的錢，滿腔的熱血湧現，多想好好的發揮發揮。

「那就走吧，收拾一些簡單的東西就好，誰遲到誰就少分一點。」方群率先往室內的方向走去。

「等等老頭！你要不要過來讓我們好好確認時間，不要你那邊的比較快，到時候只有幾秒鐘的差別就害我少分到錢，這我可是會計較到底的。」

「哎呀，少囉唆！一切等上了船再說，否則這筆生意被其他人搶走可就沒戲唱了。」方群語畢便一溜煙的消失。

郝仁緊跟在後狂吼道：「哼！這死要錢的臭老頭，別肖想把我的那份A走！」

◆※◆※◆※◆

「阿仁，你還好吧？如果不舒服就在人中的部位抹上薄荷膏。」馬克將未拆封的小盒子遞出卻遭拒絕。

「拿走拿走！我連暈車藥都不吞了，還擦這種油膩膩的玩意，這樣man得起來嗎？」郝仁歪歪斜斜的下了船後，忍不住回頭抱怨道。

這趟船程將近一個鐘頭的時間，在船艙內搖搖晃晃的，郝仁連吐了好幾回後才終於到達目的地。

「喏，拿去。」馬克收回藥膏，再遞出方才在船艙餐桌上拿的濕紙巾，「把衣服上沾到的嘔吐物擦一擦。」

「誰吐了！這是剛才在villa吃三明治不小心噴出來的東西，OK？我就說那三明治沒事放那麼多美乃滋幹嘛，才沒碰一下就噴得跟什麼一樣……」郝仁嘴硬的不願承認，心裡嘀咕著：誰拉得下臉承認自己暈船暈成這副孬樣！

「哼！愛逞強。」方群搖頭冷笑，他一路矗立在船的最前方乘風破浪，花白的髮絲被吹得凌亂。

「能怪我嗎？什麼經驗老道的船長，還一路上在那邊吹噓自己有多行，說什麼開過多了不起的英倫號載過女王；又說曾經在大海中遇到海盜，經由談判只損失了一些財務，而順利保住所有乘客毫髮無傷，因此受到媒體熱烈報導。不就是偶爾轉動船舵而已，如此容易的工作還能搖晃得那麼嚴重！」

「省省吧！鬼才相信你的說詞，明明就暈船。」

方群一邊吐槽「肉腳」郝仁，一邊左右張望著，看到前方有間掛著鐵板招牌，門口一旁還堆疊著橡木圓桶的酒吧，他指著那裡說：「那邊人多，我們過去打聽一下。」

馬克眼睛一亮，順手耙了一下他及肩的頭髮，「好，我似乎已經聞到了一股黑麥的氣味了，或許這座島上有令人驚豔的美酒。」

「喂！等等我，別忘了我們是一夥兒的，千萬不能跟丟了。」

郝仁慢了一步跟上，暈船的狀況尚未完全得到紓解，因此腳步也不聽使喚。

一行人進了酒館內和當地居民打起交道，但還沒問到重點就被熱情的居民簇擁著乾杯，時間一眨眼就已經超過了搭船時間的五倍之久。

「靠！這老頭是八百年沒喝了是吧？肚子都喝得圓滾滾了還不肯罷手，酒鬼一枚。還說什麼來辦事的，根本是假藉辦事之名喝開了。」

郝仁無聊的坐在露臺上通風的位置，盤子上的薯條剩下兩、三根，英式炸魚也被全數解決完畢。

「到底還要在這邊待到何時？」

他用手背撐著臉頰偶爾拿起薯條，有一下沒一下的掃過番茄醬，坐不住的性格讓他開始感到煩躁，不自覺的抖起腳來。

「樂樂牌狗罐頭工廠的地點早問到了，這兩個傢伙還賴在這裡不走，真以為我們是來這裡旅遊玩樂的？」

郝仁一開始加入大夥兒談天的行列，但因才喝了兩、三杯臉頰便開始起紅疹，因此被赦免了遭人強行灌酒的活動，倒是方群和馬克樂在其中，一個跟人打哈哈炫耀自個兒驚奇的人生經驗，把大伙兒逗得笑哈哈；另一位則是自以為正參加品酒大會，獨自坐在店內靠邊的吧檯品嘗。

「帥哥走到哪裡都是帥哥，碰到任何年齡的女性都特別吃得開，再說這人真是裝模作樣到一個程度就顯得自然，坐在那邊以為自己在拍烈酒廣告喔。」

馬克即便身處於吵雜的環境依然優雅，他多次以微笑拒絕各類女性的搭訕邀約，整個靈魂全神貫注在眼前的酒品。

他偶爾搖晃著裝有葡萄酒的高腳杯，杯中放了一粒血紅的小石子，聽說是石頭島上最熱門且獨特的喝法。小石子含高量的二氧化碳，因此放入酒中便能產生大量的氣泡，增添視覺的饗宴。

就這樣拖了好一段時間後，天也漸漸亮了！

三人好不容易步出酒館，本來想攔輛計程車往目的地前進，可清晨時分的街頭，等了許久怎麼也攔不到計程車。

正好有輛綠色小貨車經過，馬克酒未全醒，難得失態的招手比劃，甚至還拋了媚眼，外加拉開上衣露出他平日訓練有素的完美胸膛，開車的壯碩中年女人立刻吹了一聲口哨停下車。

「幹！一早就跟你們這些屎味超重的鴨子作伴，感覺我這一整天運氣會背到不行。」郝仁誇張的用手掩住口鼻，瑟縮在小貨車後頭露天的車廂差點沒嘔吐，「死鴨子，能不能全都給我閉嘴！老是在那邊呱呱呱，不叫沒人會把你們當啞巴。」

小貨車前座剛好僅能擠得下三人，除了駕駛的中年婦人，方群嚷嚷著人要敬老尊賢，所以他優先入座；而馬克揚起嘴角一副體貼的勸說，會暈車的人最好是坐在通風處，所以就只有他一人淪落到與準備送去平山腰某家以鴨肉料理為主的餐廳食材作伴。

「哼！要不是那兩個酒鬼拖時間，我們還需要搭這種臭死人的便車嗎？真是名副其實的『便』車咧。喂！你們幫幫忙別再揮動翅膀了OK？我嘴巴裡都是毛了。」

就這樣，郝仁一邊咒罵、一邊教訓鴨子，一路晃呀晃的終於到達目的地，車程約莫半個鐘頭，郝仁才剛進入打盹時間就被叫下車。

熱情的中年大媽向他們揮別後繼續向前行駛，而他們一行人則步行往前走。

「方叔，為何不能跟吳媽透露我們這趟來石頭島的目的？」馬克不解的提出疑問。方才在車上聊天，馬克原本差一點說出他們要去樂樂工廠時，因為方群用手肘刻意往他腰部撞了一下，他便有默契的隨口編造了個謊言，說他們是為了研究而來到島上勘查。

「沒有必要！第一，這個事件發生在兩年多前，死者為何會登《靈報》，代表死因是謎，所以沒必要在這個島上造成風波，我們默默進行就好。再來，我訂這《靈報》花了不少錢，萬一消息走漏讓其他人去勘查，那我的生意不就被人搶走了？」

「喔，了解。」

三人邊商談《靈報》所刊登的內容，邊照著酒館內半醉半醒的酒保所畫的地圖前進，但郝仁卻有些質疑這月曆紙上歪斜的筆跡。

「等等！不是我要嫌棄，那酒保畫的地圖能信嗎？我看昨晚他喝到連自己是誰都不清楚了。」

「哈，我先自首，昨晚喝了不少，最後根本忘了進酒館的目的。」馬克不好意思的耙了下及肩的髮絲，「所以地圖是阿仁你問來的還是方叔？」

「不！是你這酒鬼要來的。」

「我嗎？」馬克訝異的用食指比向自己，「可是我真的沒任何印象。」

郝仁冷笑道：「嗯哼，沒印象的話，我就把昨晚的情況說給你聽，這份地圖就是你跟那酒保在那邊眉來眼去要來的！」

「我和酒保……眉來眼去？」這說法讓馬克不大能接受。

「嗯哼，帥哥總是有偶像包袱，我懂！你可能無法忍受自己出現失態的模樣，不過你放心，你連失態的樣子都還算不難看啦！」

「呃！所以當時是？」

「不知道那名酒保是不是原本性向就有問題，或者是你那張俊臉男女通吃；要不是我凶神惡煞的表情讓他有所芥蒂，不然你現在人不會在這裡，而是躺在那酒保的床上醒來懊悔不已。

「呃……阿仁謝了。」

方群驕傲的背起雙手在後，一副雲淡風輕模樣，說：「所以我說，敢喝酒第一要有酒膽，再來要有酒量，最後啊重點是酒品至上！」

「酒品至上咧？我聽你這老頭在唬爛！」說到這個郝仁便一肚子火，「你跟人家拚酒就算了，還開始教訓起一名賣茶葉的商人，最後不知哪根筋不對，甚至變態的開始解開褲子說要送人家黃金。」

「我？當眾脫褲？送黃金？」

「就是你！要不是我出面阻止，你就是當晚的老溜鳥俠，說要送黃金就是要當場拉一泡屎。」

「當場脫褲兼拉屎，我聽你這臭小子放屁！你去問問誰不清楚我方群的酒量有多好，每次和人拚酒都是別人全掛，我一人清醒。」

「哼！再狡辯嘛！」郝仁掏出方馨萍送他的手機，叫出署名老溜鳥俠的檔案，「你要不要來證明我是不是會唬爛的人。」

「來啊！」

畫面才跑不過十秒，方群便看到失態的自己隨音樂搖擺身體，並作勢要脫掉灰色長褲，老眼迅速的眨了又眨。

「刪掉刪掉！什麼東西，見鬼了。」他搶下手機激動的將檔案刪除，凹陷的雙頰難得出現了羞赧之色。

「哼！我看你們兩個死酒鬼往後不要喝酒誤事，一碰到酒杯什麼任務都忘得一乾二淨。」郝仁難得占上風，表情十分神氣。

「咳！」馬克輕咳了一聲，技巧性的帶開話題，「阿仁，那位酒保有提到關於樂樂工廠的事嗎？」

「那人瘋瘋癲癲的，話說得吞吞吐吐，我隱約拼湊他的說法大概就是什麼『啊～消失了、砰的一聲全沒了』，我也沒認真聽他的醉話，反正到達目的地再見機行事……看這地圖顯示，前面右轉後就能看到工廠了。」

「錢啊錢，我似乎已經聞到大把鈔票的味道了。」方群搓了搓雙手，神情期待的想要大展身手調查，並等待豐碩果實的收成。

一個右轉後，三人忽然停下步伐，瞪著雙眸同時為眼前的景象感到錯愕，這才明白原來那名酒保說的並非全是醉話。

啊～消失了！

砰的一聲全沒了！

郝仁率先喊出心中的驚訝，「哇靠！這是什麼情況？工廠都被炸翻天了，我們現在是要從何查起？看來這任務根本是天方夜譚嘛！」

「笑話，要不然你以為一百八十萬美元的懸賞金是給假的啊？如果任務輕輕鬆鬆，隨便誰來都可以解決的話，哪有可能會在《靈報》上刊登。」

馬克同意方群的說法，「也是，要怎麼收穫，就先怎麼栽。」

「哈！鈔票的氣味應該消失了吧老頭？」郝仁吞了吞口水，不忘戲謔的說著，「現在如何？再搭船回幸福島去，還是先找家館子祭祭我們的五臟廟？」

「爆炸嗎……」只見方群不打算搭理他，向前靠近並徘徊在一片斷垣殘壁之中，蹲下身軀拾起一把燒得焦黑的灰燼在指尖摩娑。

「那麼大的工廠要炸成這副慘狀，肯定需要龐大的火力，而處心積慮燒毀工廠的那個傢伙，究竟做了什麼不可告人的壞事，非要消滅僅存的蛛絲馬跡……喔喔，看來這回想要拿回獎金，或許並不是件容易的事。」

「怎麼可能容易？」郝仁立刻抱怨認輸，「說實話，我們幾個沒人幹過偵探或者打工去抓漏抓姦的就妄想要來這邊辦案，分明是還沒學會走路就要飛了嘛。」

「隊長，怎麼說如此喪志的話呢？別忘了你可是我們隊伍的中心人物啊！」方群若有所思的繼續說下去，戲謔的神情難得誠懇，「反正既然都搭船來了，就乾脆看看能不能幫得上什麼忙，畢竟這家生產狗罐頭的工廠一連發生多名員工離奇失蹤，實在讓人感到不可思議。」

馬克也跟著語重心長的道：「這世界真的比我想像的還要大，以前總活在自己的世界裡，根本不清楚原來有許多從沒想過的狀況會發生。如果能被這世界需要，盡份心力去解開一個個結，那應該能體驗前所未有的成就感……所以隊長，如果可以的話，請帶領大家一起努力完成任務吧。」

「呃，那個……」聞言，郝仁頓時感到心花怒放，默默在心裡竊笑著。是啊！他都忘了自己在紅眼怪客團的身分是個隊長，被馬克和方群這麼一稱呼，怎麼感覺自己的肩上驀然多了重擔。

嗯嗯，為了拯救這個世界，現在是他應該負起責任的時候了！

接著郝仁清了清喉嚨，散漫的軀體忽然間打直，變得挺拔了起來。

「沒錯，既然我們紅眼怪客團所有團員一致決定要接下《靈報》的案子，那就該全神貫注的投入心力，非得找出些端倪才行。」

「那麼隊長認為，首先第一步該怎麼進行呢？還請隊長下個指示吧。」方群順勢滿足郝仁的虛榮心。

方群知道這小子非得要人吹捧一番才能增強自信的火力。雖然臭小子一開口通常並非好話，但這小子每回經旁人的簇擁和誇讚，隨即自信心大增後，便能激盪出有建設性的言論或行徑。

郝仁搓了搓下巴思考，靈活的腦袋轉了又轉。

「嗯，讓我想想第一步該怎麼做……既然工廠都炸光了，停擺了將近一年多的時間，主要員工失蹤的失蹤、瘋的瘋，很多事情都已經死無對證，不如先把複雜、撲朔迷離的情況回歸到原點。既然是狗罐頭工廠，我們總不能不清楚生產的罐頭長什麼模樣吧？雖說市面上已經找不到該品牌的罐頭食品，但我想或許這裡有某家某戶還有存放一些，特別是這座小島的民家，個個都不要放過。」

馬克跟著附議，「贊成！雖然不知道還能不能找得到，但既然都來了就盡可能的努力。我想，問有養狗的人家最準了。」

「那就不要浪費時間，大夥兒趕緊分頭進行，如果找到立刻通知其他隊員。」方群躍躍欲試，正一步步朝領取百萬美金的機會邁進。

「可是要怎麼通知？你們看看，這裡手機的收訊似乎不太好咧。」郝仁為此感到有些苦惱。

「這石頭島說大不大，可說小也不小，就算我如願找到樂樂牌狗罐頭後，像泰山一樣喔咿喔咿喔的大喊，除了會被居民笑掉大牙之外，最難堪的是你們還不見得聽到咧！」

「喏，拿去吧，這玩意大家戴在身上，我們就各自分頭進行。」方群將小巧的物品分別遞了過去。

「一找到罐頭後，就吹這個小手槍造型的槍管，它發出聲音的頻率一般人聽不到，但另一頭槍把的部分會跟著發出閃黃燈的標示，並指引我們找到那人現在的方向。」

「哇靠！真的假的，什麼東東那麼神奇！」接下方群遞來的手環，郝仁立刻套在手腕上，忍不住好奇的試用奇妙的性能，「哈哈！好玩好玩，還真能發出閃黃燈的訊號，老頭這人就是喜歡收藏一些怪玩意。」

馬克賞玩握在手中的鐵色手環，俊逸的臉龐露出了些微的遲疑，「方叔，這手環沒有別的顏色了嗎？」

「哼！你以為在逛專櫃，還多款顏色讓你挑啊？這是在收訊不佳的環境中方便聯絡的工具，不是用來增添你魅力的配件！」方群翻了翻白眼，連忙催促道：「好了好了，時間不多，我們就別在這邊繼續拖時間，趕緊分頭去找吧。」

「OK！在出發辦事前，大夥兒全都伸出手來。」郝仁興奮的提議，並率先將右手伸了出去，「來——為了加強我們紅眼怪客團的凝聚力和向心力，一定得先有些像樣的儀式才行。」

方群防備的問：「手伸過去是要幹嘛？先聲明，我可不要玩什麼呼口號之類的幼稚事情喔。」

「嗯，方叔說的不無道理。」馬克認同的點頭，他沒法跟著大夥兒起鬨。

「喂喂喂！你們說這裡誰是隊長？隊長發號的命令，隊員們若不願意尊重，那這團體根本就像一盤散沙，休想成什麼大器。」郝仁堅持的揮了揮伸出的手催促著，「如果想讓我們紅眼怪客團能夠長長久久，幫助更多需要幫助的人，賺取更多數不盡的財富，那麼就順從我說的話，把手相互疊在對方的手背上吧。」

「啐！真是無聊。」雖然嘴巴悶悶的抱怨著，但方群還是心不甘、情不情願的把手伸出去。

「那……好吧，既然方叔都願意了。」馬克也只好跟著妥協。

「來！等我數到三，大家一起大喊『紅眼怪客團加油』……來，讓我聽到你們的聲音，一、二、三——」

「紅眼怪客團，加油、加油、加油！」

中氣十足的鼓舞聲響迴盪在空氣中。

NO. 5 查訪

「其實很多事情都是冥冥之中注定好的，輪迴轉世也有它所必須進行的軌道。平心靜氣想想，工廠爆炸說是壞事也並不見得，若是命運安排好會發生的事件，那麼就意味著埋藏已久的秘密會跟隨著被揭發出來。」

「嗯，這樣啊……」方群乾脆直接問出重點，「那麼請問妳見過樂樂牌的狗罐頭嗎？」

「可能吧，或許在夢中曾經見過也說不定，甚至我上輩子可能是罐頭裡的材料。輪迴轉世，什麼都很難說啊！」

方群不死心的再追問：「有關當時工廠爆炸的事，妳還有什麼特別的印象，或者曾經聽過什麼特別的傳聞嗎？」

「人生苦短，又何必記住不快樂的往事呢？我們人活在這世上能做的就是老老實實的過每一天，別說這聽起來簡單，其實不容易啊！」

「喔，這樣啊……」方群錯愕的吞了吞唾液，無奈的看向身旁約莫五、六十歲的婦人。

當時他正好經過附近，見這位婦人蹲在河邊清洗衣物，面相看來和善，於是前來蹲下身軀詢問，看能否問出什麼；然而話題就如同死結般，越是想解開就越是纏繞，講到最後他都快忘了自己到底目的為何。

一會兒後，方群耐不住性子再開口問：「小姐，冒昧請問一下，這件襯衫潔白如新，妳又為何要一直不斷的重複清洗？」

「喔，你確定這衣服乾淨嗎？」她若有所思的笑了，「人往往只相信肉眼所看到的假象，你說它潔白如新，但你知道穿著它的主人做過哪些壞事，又或者它的材料取得的過程又傷了多少無辜的生命？這世上很多事……太難說了。」

「謝、謝啦。」方群點頭乾笑，只覺得越問越覺得口乾舌燥。

他默默起身後退，決定不打擾這位滿口輪迴轉世的婦人，轉往找尋其他正常人來詢問。

「樂樂牌狗罐頭？哼！我要那種無聊的玩意做啥？家裡雖然養狗，但牠都吃我剩下的廚餘，你以為我家有那麼多閒錢買罐頭？啐！到別家問去，別來煩我！」

獨居老人邊說邊將啃乾淨的骨頭拋出去，讓一隻體型結實強壯的黑色狼犬接住，然後搖晃著尾巴開始享用牠的午餐。

「能不能再請問一下？」馬克彬彬有禮的繼續詢問，他的魅力對於這位骨瘦如柴的長者而言完全不管用。「聽說這種狗罐頭非常有名，所以我想您……」

「想都不用想，工廠炸光了還想啥？」獨居老人話說得更不客氣，「兩年前湧來世界各地的記者採訪，當時我還變賣土地開了家麵攤，一開始生意不錯，但誰料到新聞有天也會變成舊聞，跟著來麵攤消費的客人一下少了七、八成；我那些變賣土地的錢也不過才回本一半，賠慘了！」

馬克被那轟天雷的巨吼震得耳膜稍有不適感，「那麼請問，有關爆炸的原因至今找到了嗎？」

「去去去！我從不看報紙和電視，都是一堆驚世駭俗的東西，你要嘛去問別人，再繼續跟我問東問西我就要放狗咬人了。」

「是，真的很抱歉，那我就不打擾您……」

馬克尷尬的被趕出小木屋外，他還客氣的朝對方長輩鞠躬，想要說些什麼卻不敢繼續逗留，畢竟主人心裡不爽，大黑狗似乎能夠感受到這股情緒，放著骨頭暫時不管，開始對他咆哮了起來。

「唉！不知阿仁他們問出什麼頭緒了嗎？」

在這同時，郝仁漫步在鄉間小道上。他隨意在路邊拔了根蘆葦，咬在齒縫中輕鬆的哼唱流行歌曲，一派悠閒自在的模樣。

「靠！石頭島的居民是不是每個人的心都跟石頭一樣硬啊？難搞！」他搖頭大嘆，一臉無奈的繼續往另一戶民宅走去。「希望下一戶人家能夠好商量些，至少跟幸福島的居民一樣友善，否則每次都被狼狽的趕出去……這情況萬一被老頭看到，面子實在掛不住。」

「喵～」

郝仁走著走著，忽然看到一隻野貓慵懶的經過，瞥他一眼後便緩緩往草叢中鑽了進去。

「對了！王子麵那傢伙到底有沒有跟來？那小東西就愛到處亂跑，要是現在帶著牠，搞不好還能當成活招牌，那副高貴且可愛的模樣肯定能夠降低居民們的敵意，說不定還能拿到些什麼當地名產來解解饞。」郝仁說著，肚子一陣飢餓感襲來。

雖說要努力調查，其實郝仁心中並沒有抱太大的期望。畢竟好幾位離奇失蹤的人口，連專業的警方和偵探人員都沒法找到，他當然不相信自己會有這樣的能耐。

郝仁就這樣漫無目的繼續前行，當他經過一棵大樹旁，正好撞見一幕驚險刺激的場景。

「小凱快下來！」

「不要、不要！我要在這裡等多多回來。」

「多多不會回來了，媽媽不是跟你說過牠已經上天堂了嗎？」婦女心急的在樹下徘徊，不知如何是好。

「騙人騙人！媽媽騙人！」小男孩不知怎麼爬上樹梢的，可他腳踩著的樹枝眼看就要折成兩半，小男孩的左腳還跟著滑了一下。「啊！」

「小凱待在那邊不要動，媽媽想辦法上去接你喔。」婦人雖然這麼安撫著孩子，但因為驚嚇而發麻的雙腿其實很難立即行動。

「啊！媽媽……救命！」小男孩感覺到自己似乎有危險，頓時哭成了淚人兒。

「抓、抓穩一點，媽媽上來救你了！」婦人的聲音顫抖著，雙手搭在樹幹上，雖然很想爬上去卻心有餘而力不足。

「哇靠！」郝仁見狀忍不住低喊：「這要是從高處摔至地面，後果肯定不堪設想，不斷手斷腳也送走半條命。」

他吞了一下口水觀看著驚險刺激的畫面，知道自己應該出手相救，卻又覺得肯定來不及，於是矗立在原地躊躇不前。

「啊！媽媽！」

在小男孩一道淒厲的慘叫聲中，樹枝啪的一聲裂了開來。這時郝仁反射性的衝上前去，不知怎麼的善人因子莫名開始發酵，哪怕是自己受傷也在所不惜。

「別怕，我來了！」

當郝仁像一陣狂風般的趕到樹下、伸出雙手要去接那孩子，瞬間墜落的小男孩就這麼恰好的摔在他背上！隨即咚的一聲，郝仁趴倒在地。

「小凱！」婦人驚叫了一聲，差點嚇得魂飛魄散。

「呃……」

……他是不是要死啦？

郝仁感到一陣暈眩，在僅存的意識裡撐起身，確認這狂哭的小男孩安全無虞後，便將他交至婦人手中，然後就這麼閉起眸子不支倒地。

◆※◆※◆※◆

「他還好吧？」

「放心好了，他這面相沒活到當人瑞是不可能的。」方群戲謔的回答：「我看這小子肯定又在做什麼白日夢，夢境好到都捨不得起來了。」

橫躺在地上半夢半醒間，郝仁又見到了幸福島上巧遇的小嬰孩，他一樣光著上半身、包著紙尿褲，嘻嘻笑笑的望著自己，但那笑容有種說不出來的複雜感。

「喂喂喂！我說你這小不點到底是人還是鬼？」郝仁瞇著眼眸，想要睜開眼卻覺得眼皮猶如千斤重，「那麼小不隆咚的竟然還可以到處亂跑，你爸爸媽媽咧？都不管你的喔？要不要我去幫你報警教訓一下你爸媽?」

「你要教訓我爸媽是嗎?他們早就投胎去了!」方群用兩根指頭撐開郝仁的右眼,使力的在他耳邊大吼:「不中用的傢伙快給我醒來!才被撞了一下就昏倒,你是小姑娘啊?」

「靠!吵死人了。」郝仁彈起身來使勁的揉捏那發麻的耳朵,「臭老頭,你乾脆去加入五子哭墓算了,驚人的分貝搞不好還能吵醒死人咧!」

「阿仁,你還好嗎?」馬克體貼的遞上用清水洗滌過的手帕,讓郝仁抹了抹沾上灰塵的臉頰。

「小凱,還不快點過來跟叔叔道謝,要不是叔叔好心接住你,你就會跌得很慘知道嗎?」婦人催促著小男孩。

小男孩卻倔強得不肯開口,苦著一張臉、嘴嘟起無辜樣。

「嘿,叫哥哥就好,我快滿十八而已,駕照都還不能考咧。」郝仁眨了眨眼睛,漸漸適應刺眼的光線。

「是啊,別看這小子一張老臉,其實毛都還沒長齊呢。」方群哈哈笑著,但責備意味十足，「再說你這小子有沒有腦袋？沒經過大腦思考就跑去接住人家，你就沒想過後果會有多悽慘？」

「靠！只會酸人，到頭來我還不是為了我們團員著想！」郝仁站起身，拍了拍衣褲上的灰塵。

「為了我們？」馬克不解的歪著頭。

「嗯哼，電視劇不都這樣演的嗎……嘿嘿！」郝仁露出奸詐得意的笑，「主角不求回報捨身救人，此舉感動了蒼天，就這樣奇蹟忽然發生了，所有原本解不開的謎底意外撥雲見日，出現了一線生機。」

馬克撫了撫脣，再問：「所以阿仁，你是說希望藉由遇到小凱這個際遇，來幫助我們解決難題？」

「沒錯、沒錯。」郝仁點了點頭，並傻笑轉向婦人，「不然從阿姨這邊得到什麼獎賞也不賴啊！」

「啊，真的非常抱歉。」婦人尷尬的撫了撫臉頰，感到不好意思，「我們家境清寒，說真的沒什麼能報答你，如果不嫌棄的話，讓我從家裡後院挑隻肥一點的老母雞燉湯，招待你們用一頓餐……」

馬克連忙解釋：「阿姨別客氣，阿仁只是說著玩的，熱心助人哪裡還奢求回報呢？對吧阿仁？」

「呃！哈哈……是啊、是啊……開開玩笑別介意嘛～怪了！難道我戲演得太逼真了嗎……哈哈……」郝仁尷尬的抓抓頭。

婦人想了一下，手指著前方道：「對了！我不知道你們想要解決的難題是什麼，但請大家看過去，右前方那棵相思樹旁的小祠堂，是我們石頭島上大部分的居民都虔誠信奉的土地公，祂很靈驗的，你們可以過去上個香並且求籤，或許對你們有些幫助。」

「土地公大爺嗎？好吧！既然阿姨說很神準，那我就來試試看。」郝仁邁開步伐搶先過去點香。

「反正人都到這裡來了，求個平安健康也不賴。」他點了兩炷香後，在神像前站定鞠躬作揖，唸道：「土地公大爺啊，請您行行好，為我們指點迷津，樂樂牌罐頭工廠爆炸了，剩下的灰燼也被雨水沖刷，這事要我們紅眼怪客團怎麼辦才好？請您幫幫忙、幫幫忙。」

郝仁誠心的將兩炷香插上香爐，再取一張籤，解開後便順口將籤上的句子唸了出來——

解鈴還須繫鈴人，流水皆自源頭來。

「這籤什麼意思？」郝仁挑高一邊眉頭，詢問旁人的意見，「老頭，你覺得這行字對我們有啥幫助嗎？」

「啐！少拿這些像繞口令的玩意來煩我，想到就頭痛。」方群雙手環胸看向他處，並無理會之意。

「馬克你呢？」

馬克只是雙手合十，虔誠的微前傾身軀，道：「我想這注籤的含意是在警示世人要秉持善念，並珍惜眼前所有的一切吧……嗯，光是靠近這個祠堂，心靈就感到格外平靜。」

「嗯嗯……能感到平靜也就不賴了。我們還要繼續辦事去，不在這邊多做停留。謝謝阿姨，還有……」郝仁食指比向小凱警告道：「也請你這小子以後千萬要小心，別再隨便爬到樹上嚇你媽媽聽到沒有？我可不是隨時有空能跑來當你的墊被。」

聞言，小凱倔強的不回話，卻抿了抿嘴表示收到。

「那麼後會有期了。」馬克朝婦人點頭。

三人揮了揮手轉身準備離去，卻又因婦人的呼喚聲停下步伐。婦人問：「請問……剛剛好像聽你們提到工廠爆炸的事，會不會是指我們島上兩年多前發生的那件事？」

郝仁點頭，「是啊，我們來石頭島就是要釐清一些事情，不過既然工廠人事全非，我們又卡在不知該從何找起。阿姨妳突然把我們叫住，該不會是想到了些什麼吧？」

「嗯……是這樣的，我不知道這線索能不能幫得上忙。樂樂工廠的老闆是我們當地人，名叫何偉。他賺大錢後為我們島上增添許多便利的設施，所以島上的居民都尊稱他為何爺。那個……或許不太容易，但見到他後說不定……也許能……」婦人欲言又止的皺著眉頭。

「所以阿姨的意思是那位何爺、樂樂牌狗罐頭的老闆，現在人就在島上？哈，那不是太棒了！快帶我們去找那位何爺，搞不好今天一切就能解決。」郝仁心急的推著婦人前行。

「可是……我得先說明何爺他現在……」

方群也加入催促的行列，「不要可是了，一切等見到面再說。」

NO. 6

來自狗狗習性的靈感

「唉，真可惜……」馬克手搭著白色木籬笆的頂端，觀望著籬笆內的情景。

「什麼嘛！怪不得那位阿姨話說得吞吞吐吐，原來何爺患了失心瘋。」郝仁扼腕的搥了一下籬笆旁的石牆洩恨，「我還以為事情有了端倪，結果還是又回到了原點嘛。這位何爺將過去發生的所有事全都忘得一乾二淨，就跟爆炸的工廠一樣，線索又斷了。」

方群雙手背在後，無奈的搖了搖頭，「經歷如此重大噩耗，他沒選擇逃避尋死路已經算不賴了。」

由婦人帶路來到離樂樂狗罐頭工廠南方不遠處的一棟兩層樓洋房，寬廣的後院矗立一棵種植了約二十多年的山櫻花樹。一名老邁的男子獨自坐在白色竹籐編織的搖椅上，雙眼無神的凝望著遠方；粉紅櫻花似雪般的灑落，幾朵粉色駐足停留在他戴在頭頂的白色毛線帽上。

「怪了！阿姨不是說這位何爺不過才六十多歲，怎麼會蒼老成這副德性？」郝仁見方群睨了他一眼，便知道自己太不懂得修飾言辭，於是話鋒一轉：「哪像我們家老頭多會保養，八十好幾了皮膚還光滑得像水煮蛋一樣，不知情的人看他還以為是中年男人咧！」

「哼！貧嘴！」方群轉身往樂樂工廠的方向走去，壓根不想搭理刺耳的奉承。

「方叔，我們不是要找何爺問些線索嗎？」馬克跟上前去。

只見方群搖了搖頭大嘆：「人都成了那副模樣，還能指望他不成？看來我們還是得靠自己的力量想辦法解決了。」

「沒錯，我們是誰？紅眼怪客團耶！應該要更提起勁才對……」

郝仁掏出口袋裡從 villa 帶出來的魷魚絲，有一口沒一口的咬著，沉重的步伐在沙地上拖行著發出沙沙聲響，忍不住說出喪氣話。

「不過問題是該從何找起？現在連一個狗罐頭都找不到，怎麼證明登《靈報》求救的案主章凱翔的話是真是假？」

一行人邊走邊討論著，約莫步行近二十分鐘的路程後，前方便是如廢墟的樂樂工廠。

「這座工廠占地真是廣闊，想必兩年前應該是非常熱鬧的景象吧。」馬克有感而發。

「那當然。」方群確認了一下螢幕上的資料，「根據資料顯示，這家樂樂工廠的罐頭外銷二十多個國家，年營收驚人，員工據說也有上千位。」

「外銷二十多個國家……哈！有這線索怎麼不早說。」郝仁摩拳擦掌興奮的道：「那還等什麼？我們立刻出發前往那幾個國家查看，搞不好還能找來幾個狗罐頭。」

「啐！像那種大海撈針的苦差事我可不幹！」方群斷然拒絕，「已經停產多年的東西，市面上肯定早斷貨了，一座小小的石頭島就搞得我們人仰馬翻，更何況是二十多個國家，饒了我吧！」

「這麼說也是……」郝仁難得附議，陷入苦惱的坐在路邊的大石頭上嘆氣，「不然該怎麼辦呢？還是乾脆放棄這次的任務？」

「這怎麼行！我方群叱吒靈界多年，你要我拿什麼臉去跟人家說這事我辦不到？光想就覺得太丟臉了！」

「靠……承認自己能力有限有這麼難喔？真是個固執的老頭。」郝仁心灰意冷的喃喃自語，刻意放低音量以免造成衝突。

這時，一隻脖子綁著紅色項圈的白色中型犬來到腳邊，牠友善的朝郝仁搖了搖尾巴，雙眼巴望著他手中吃了一半的魷魚絲，伸出來的舌頭滿是口水。

「哈，你這小東西想吃我的魷魚絲是吧？不過你們狗界能碰這些玩意嗎？」

他壓低身體拿了一條魷魚絲，惡作劇的在不斷努動的狗鼻子前晃來晃去，然後狠心的再把魷魚絲放進嘴巴中咀嚼大笑。

「哈哈！看你毛色白得發亮，肯定是跟了好人家，吃得好又住得好，幹嘛還學野狗一樣來討食物啦！」

「阿仁別逗牠了，看牠那樣子怪可憐的。」馬克走過來優雅的蹲下身軀，修長的指尖穿梭在狗兒柔順的毛髮中，「這個小寶貝真是漂亮，看來應該是訓練有素，乖乖的坐著等待，沒有絲毫不耐的模樣。」

「喏，賞你兩條吧~小東西。」

郝仁抽了兩條魷魚絲給牠，但沒想到狗兒咬著魷魚絲並未猴急的吞入，反而咬著食物跑開，咚咚咚往靠近工廠廢墟的草叢邊跑去，找好地點後便奮力的用前腳開始挖掘土堆。

「狗的習性還真可愛，深怕哪天沒食物吃，所以趁肚子還不餓時將食物儲存起來，等到將來有需要再挖出來品嘗。」馬克搖頭笑著，愛憐的目光望向遠方狗兒忙碌的舉動。

「嗯哼……挖掘地洞藏貨……害怕被其他同伴發現牠的食物，我看最好這洞穴能挖多深就挖多深，否則被發現那就衰大了。因為這可是最高機密啊！哈哈……等等，有了！」

郝仁飛快的起身大吼，驚醒了正在打盹的方群。

「就是這個——最、高、機、密！」

方群揉了揉耳朵低咒道：「臭小子，你最好能提出什麼有建設性的言論，否則吵醒我的這筆帳，哪天我一定會設法討回來。」

「哈哈，聰明如我也！」郝仁雙手扠腰，一臉得意狀，「不過這都得感謝那隻小白狗給的靈感。馬克我問你，要是你有珍貴的機密，應該會藏在某個難以被人發現的地方，對吧？」

馬克點點頭，「嗯，像我以前有幸得到幾瓶市面上有錢也不見得買得到的名貴紅酒，我都悄悄的放置在餐廳酒窖裡，一個其他學徒都不知道的地洞中。」

「所以我在想，工廠雖然爆炸了，但在這些斷垣殘壁的地底下，肯定會埋有什麼有利線索，比如說……有我們苦苦找尋的樂樂牌狗罐頭。」

馬克挑高一邊眉頭，「阿仁，你該不會要我們像小白狗一樣，傻傻的徒手開挖這一大片的土地？」

「怎麼會傻傻的呢？別忘了我們團裡誰最有辦法！」郝仁靈活的跳下石頭跑向方群，問道：「我說老頭，你身邊不是有許多什麼全世界限量一、兩臺，了不得的機器嗎？法寶如此多的行家達人，可別跟我說你沒有能減輕我們挖掘時間的好東西！」

「哼！小意思。」方群雙眼發亮的炫耀，「我啊什麼沒有，就是法寶一堆。美屁坊裡有臺小型探測儀，大小就跟一般市面上的手機差不多，造型美觀又攜帶方便，有了它便能做更多好事、幫助更多的人。別看它小不隆咚的，卻能在短時間內探測出你所輸入的需求，比如說金礦、銀礦、寶石……」

郝仁忍不住批評道：「死要錢的奸商！什麼做更多好事、幫助更多的人！說穿了你弄來這臺探測儀，不就是為了想擁有更多的金銀財寶！」

「那又如何？我不偷不搶、正正當當！」

「是是是，正正當當、不偷不搶的老實人，還不快秀出你那臺探測儀給我們瞧瞧。」

「秀？」方群納悶的挑眉，「我不是說了？探測儀在美屍坊裡。」

「蛤？不是說你那臺探測儀精巧美觀、攜帶方便？」郝仁不屑的冷哼，「你這老頭懂不懂攜帶方便的含意？不就是發明人為了讓買主方便帶在身邊才努力設計製造的，你根本是辜負人家的心意嘛。」

「這……」方群難得啞口無言。

「現在好啦，乾脆我們立刻打道回府，反正看來也是沒啥希望了，老頭你就老實跟人家回報說無法完成任務吧！」郝仁沒好氣的搖了搖頭，轉身做出離開狀，這一旋身卻意外瞥到了一抹美麗的身影。

「馨萍姐！」

「嗨，我來晚了，各位團員們。」方馨萍搖了搖手裡拿著的銀色物體，甜美的笑容有著難以掩飾的自信與聰慧，「我想你們應該會需要這個，對吧？」

「啊哈！我的探測儀！」方群高興的往上跳。

「馨萍姐，妳真的是上天派來解救我們的天使啊！」

◆※◆※◆※◆

「靠！原來回美屍坊這麼容易喔！那我們前幾天幹嘛還搭老頭開的爛直升機活受罪？」

郝仁洗過手後大剌剌的落坐於餐椅上，只覺得實在不可思議。

他們一行人坐上方馨萍開來的小貨車，從石頭島上往山邊的方向開去，後來又不知不覺的與某個山崖邊的大樹交錯後，映入眼簾的竟是那處美屍坊正前方約莫二十多公尺距離的熟悉的大平臺，然後就這樣——他們回到了落腳處。

馬克拉開餐椅，落坐於郝仁的斜前方。他解釋道：「據方叔的意思是，美屍坊正好位於靈界與人界交會處，具有時間、空間轉移的力量，但也要我們有人先到達地點後使用定位儀回報，美屍坊裡的人才能依據定位地點瞬間移動。」

「馨萍姐真好命，咻的一下就出現在石頭島上。我們可是先搭了老頭的破直升機在空中暈了三天兩夜，接著再坐那艘爛船害我吐了一堆酸水，才輾轉到達石頭島，路途真是艱辛。」郝仁感嘆著。

「不過真的好神奇！我一直以為這種只有在電影或者奇幻小說才會出現的神秘力量，是絕對不可能發生在眼前，沒想到我此生能夠有幸碰到。」馬克漾出滿足的笑容，「謝謝你，阿仁，要不是你把我帶來這裡，我可能這輩子就這樣渾渾噩噩、頹廢的過了。」

「哈！這邊是在開感謝大會是吧……」方群換了一套乾淨的衣服現身餐廳，先前在挖掘罐頭時沾了一身的灰塵也被徹底清洗乾淨。

「那麼阿仁，你也來跪著向我道謝，要不是我把你拎回美屍坊來，你現在肯定還在公園裡跟一群流浪漢打架爭地盤呢。」

「是是是，多謝、感謝、叩謝大人恩典。」郝仁用食指和中指在桌上往前一跌，佯裝出雙腿跪下貌。

「你這小子擺那什麼臉色！要道謝就給我誠懇一點！否則……」

「哈囉，大家好啊！聽到你們鬥嘴的聲音感覺真好。」方勤克笑嘻嘻的打斷爭吵聲。

他雙手端著餐盤往餐桌的方向走來，神清氣爽的出現在餐廳；容光煥發的臉頰是昨晚敷了他們美容機構最新研發、還未上市的生化技術面膜而有的成果。

「餐廳裡就適合多點歡樂的笑聲，那可是生活中最幸福的寫照，用多少金錢都強求不來的。」

「Tony哥，我們幾天不見，你就只拿礦泉水來招待我們喔？看到你那張寫著『料理行家』四個字的臉，原本肚子不餓都要咕嚕叫了。」郝仁不感興趣的瞪著方勤克像高級餐廳裡的服務生般，為他們眼前的透明玻璃杯添入礦泉水的舉動。

「料理行家嗎？哈哈！」這稱謂著實讓方勤克心花怒放。「我昨天去演講的時候，要到了一份比傳統德式烤豬腳更要酥脆的食譜，回家前還特地去買了塊上等的豬蹄膀，用特殊醃料醃漬過後，今天早上才送進烤箱。不過萍萍交代我現在只能端水出來，不能有其他東西出現在餐桌上。」

聞言，郝仁氣得敲桌，「拜託，我們又不是女人！她們那點小鳥胃吞幾口水就飽得要命！」

馬克撫了撫腹部，光聽德國豬腳這名稱，腦海的記憶便跟著湧現，口腔的唾液頓時不斷分泌，「我想……馨萍會這麼吩咐，肯定有她的用意吧。」

方勤克笑了笑，轉移話題：「對了，你們在石頭島的事情我聽說了，真是辛苦囉！」

「辛不辛苦那倒還無所謂，你知道嗎Tony哥？我們耗費那麼大的工程，到頭來才找到兩個罐頭。幫幫忙，兩個罐頭耶！」

方勤克拍了拍郝仁的肩膀，鼓勵般的笑說：「阿仁，人活在世上想法要樂觀點，你不覺得在探測儀上輸入找尋鐵製器具指令，再請當地工人翰叔開挖後找到兩個罐頭，換個角度來說，你們終於沒有白忙不是嗎？」

「欸，這樣想也是啦……況且在開鑿的同時……」

郝仁目光瞥向出現在料理檯旁，忙著把檸檬片去籽、丟進玻璃杯內的方群，識相的壓低音量：「挖到了一個裝有手飾珠寶的盒子，老頭那隻鐵公雞竟然毫不猶豫的遞給翰叔，並帥氣的說『喏，寶物屬於挖出來的那個主人』……哈！我聽了下巴當場差點沒掉下來，他這款愛錢愛的……啊呀！」

「誰下巴這麼不聽使喚，動不動就要掉下來？還有，你們說這世上有誰會比我愛錢？」方群不動聲色的移步過來，著實嚇了郝仁一大跳。

郝仁尷尬的抓抓頭，「哈哈！沒什麼、沒什麼！怎麼可能會有人比你還愛錢呢？哈哈，你說是不是啊馬克？」

馬克機警的點頭稱讚，「嗯，像方叔這種取之有道的億萬富翁，真的值得我們後輩敬佩及學習。像我今年二十五歲，存款才不過五位數，感覺好像沒有好好對自己的未來做規劃。」

「喔，我是億萬富翁嗎？」聞言，方群眼睛眨了又眨，他輕輕掏了掏右耳，笑得樂不可支，「富翁、富翁……富翁，這稱呼怎麼會聽起來如此順耳……唉呀！放心啦你們這兩個年輕人，只要我們紅眼怪客團多接幾次《靈報》的任務，不久後你們絕對會看著存款簿瞠目結舌。」

「瞠目結舌啊……」郝仁手指敲了敲玻璃杯口，「這麼說，我可以隨心所欲買我要的東西囉？最近出了好幾款遊戲我都很喜歡；還有，雖然我沒駕照啦，但看國外的影集裡有輛改裝超屌的悍馬，想買來飆一下……」

「所以，請大家振作一點吧！完成物質夢想的首要之務就是錢。」方馨萍移步至餐廳內，自窗戶吹來的微風拂開她臉頰幾根柔順的髮絲，美麗的臉龐讓人驚嘆，「白日夢晚一點再做，讓我們來先來解決狗罐頭的事情。」

啪一聲，易開罐罐頭的拉環被她那纖細的手指打了開來。

「怪了！這麼漂亮的臉蛋，根本不適合講出現實又理性的話，真是不搭、不搭啦！」郝仁嘴裡含糊的咕噥著，並率先拿來開封的罐頭，鼻子就近嗅了嗅，「這根本就是肉醬罐頭嘛，我媽有時候偷懶，就用滾水煮了幾把白麵條後撈起，再淋上類似這種味道的肉醬罐頭拌一拌，這樣就是簡單的一餐囉。」

「那麼，誰先來嚐嚐看？」方馨萍提出建議。

郝仁嫌惡的將手中的罐頭遞了出去，「靠！我又不是牲畜，這是拿來餵狗的，我可不能接受，再說有沒有過期誰知道？還有，馨萍姐，妳不是說已經把其中一個罐頭拿去機器裡化驗，結果不是很快就會出來了嗎？」

「化驗時間需要十五分鐘左右，不如先來冒個險，反正閒著也是閒著嘛。」她聳了聳肩回答。

「閒著也是閒著咧，那妳怎麼不先來冒險？哼！要尋死不如跳樓比較快，吃這種來歷不明的東西，根本怎麼死的都不知道。」

郝仁邊抱怨、邊看著面前二人相繼開動，方群兩指夾了一塊類似金元寶般的肉塊送進口中咀嚼，而馬克則是用食指先沾了沾肉汁送進唇邊微沾了一下。

「噁……味道如何？」郝仁喉頭間像卡了什麼般吞嚥困難，沙啞的詢問。

「嗯，難怪狗畜生們會喜歡，有種我們小酌時會配的牛肉乾的味道。馬克小子，你說呢？」

「嗯……」馬克將罐頭推向前方，右手掌往鼻子的方向搧了搧風，眉頭微微蹙起，支支吾吾的說：「這是……欸……」

郝仁耐不住性子催促道：「什麼啦？故弄玄虛是要急死人啊！」

「別催他，讓他好好想想。」

「齁～受不了了！」郝仁終究是抵不過好奇心的催使，猴急的用手指夾了一塊軟嫩的肉丟入口中，皺緊的臉龐頓時笑了開來。

「靠！現在牲畜是怎樣，吃得那麼豪華，這根本是冷掉的牛排嘛！我看那個案主章凱翔根本是在唬爛，說什麼罐頭配方有什麼人肉，我看他根本是死得不甘願才在那邊亂放話。」

「馬克，你覺得呢？」方馨萍再問。

「嗯……我曾經在某家知名製藥廠打工時，看過一批銷量驚人的膠囊，那膠囊宣稱有駐顏的神奇效果；聽說只要打出可留住青春的口號就是熱賣的保證，而那膠囊的主要成分便是胎盤。」

「胎盤？」郝仁嫌惡的吞了吞口水。

「嗯，罐頭裡的肉質雖軟嫩，但細細咀嚼還是有纖維較粗糙的部分，這是肉品未經放血過程所產生的韌度；先是出現牛肉的甜味，再來散發出濃郁且帶有點腥羶的牛內臟類，最後殘留在口腔中的餘韻，就有點類似胎盤的特殊氣味。」馬克仔細分析道。

「你是說那個在子宮內保護小 baby ，然後小 baby 生出來後跟著從母體流出來的東東……」郝仁搔了搔頸部，「靠！還餘韻咧！超噁爛的！這些死變態，就算愛美也要顧生命吧，那種東西吃進肚子裡不會出問題喔？」

「有胎盤的味道嗎……怪了！我怎麼都嚐不出來……」方群閉起雙眸，細細感受口腔內的滋味。

「幫幫忙老頭，你以為人家味覺天才的美名是打哪來的？我們馬克只要是曾經吃過的食物，就會烙印在他的腦海記憶中，只要日後再次嚐到這味道，他的大腦就會像出海關時檢驗的機器，一發現重複就會發出嗶嗶嗶的指令。所以我說，馬克說是胎盤就是胎盤，我掛保證不會出錯，倒是那位在《靈報》上亂放話的死人章凱翔肯定是死不甘心，才會在那邊胡說八道！」

郝仁吞了一下口水，繼續滔滔不絕的說：「人肉哪來這種軟嫩感？我是沒吃過人肉啦，不過肯定是又臭又硬。我啊還是秉持著人性本善，這世上會有人變態到把人肉混進罐頭裡攪拌嗎？」

「曾經嚐過的味道，才會產生記憶連結是吧……」方群搓了搓下巴，「馬克，你以前有過吃人肉的經驗嗎？」

聞言，馬克難得舉動慌亂，差點沒被剛送入口中的水嗆到。

「咳咳咳！方叔，您別糗我了。」

「所以你說帶有點類似胎盤的味道，但肉質又偏軟嫩的話……如果死者章凱翔的說法不是謊言，那麼包裹在胎盤中的小嬰兒會不會沾到……」方群繼續推測。

「呸呸呸！閉嘴閉嘴！再說下去我就要吐了！」郝仁大動作的拿起餐桌上的玻璃杯，一口氣乾掉杯中的礦泉水，好壓抑喉間不斷湧出的酸澀感。

恰好，窗臺邊放置的電腦發出了像是電話鈴聲的訊號，方馨萍不疾不徐的移步至窗邊，郝仁也迫不及待的跟上前去。

「結果出爐了！趕快顛覆那死老頭的猜測！」

電腦螢幕上浮現的一連串數字和難懂的符號，看得郝仁一頭霧水，他納悶的搔了搔頭，問：「這什麼鬼？我看也只有像馨萍姐你們這種天才才能理解。」

方馨萍雙手環於胸前，目光來回掃過電腦螢幕上的檢測資料，平靜的表情讓人看不出她的心思和反應。

「萍萍，妳別再賣關子了，快公布檢測出來的結果吧。」這會兒連方勤克都急了。

「嗯……」只見方馨萍淡淡的揚起嘴角，但笑容卻不見任何喜悅。

她將視線移向右前方的收納櫃上，用來澆花盛水用的中型鐵桶，並緩緩的走了過去彎身拾起，然後轉身遞到郝仁面前。

「要幹、幹嘛？」雖然郝仁這麼問，不祥的預感卻在心裡油然而生，一股刺麻感自腳底往上爬至頭皮。

「根據機器顯示，罐頭內含有22%不同人種的DNA，並且皆屬於零至一歲的嬰幼兒，所以……」方馨萍沉重的道出了事實，「死者章凱翔所說的恐怖經歷並非捏造的謊話。」

「幹！我……嘔……」郝仁反射性的掐住自己的脖子，終究還是忍不住吐了出來。

NO. 7

馨萍姐的「驕傲」

「唉！萍萍，就說了這位當地人尊稱的何爺已經痴呆了，根本無法把事情的經過完整描述，我看我們還是另尋他法吧。」方群勸道。

「是啊馨萍姐，我們昨天才來過，這位先生只是呆呆的坐在搖椅上，傻傻笨笨的看向遠方。」郝仁邊敘述還邊模仿痴呆樣。

馬克接口道：「據昨天帶我們來這裡的阿姨描述，何爺的工廠發生爆炸後，他的太太也在同一天因為車禍送進急診室，經急救後不治身亡；接著，他的丈母娘受不了這個噩耗，血壓飆高，短時間內暴斃身亡。經過多重的痛苦和刺激後，何爺從此喪失了所有過去的記憶，這兩、三年來就像中風的症狀一樣，沒再恢復過了。」

「喔，中風的症狀是嗎？」方馨萍點了點頭卻似乎不大認同，「不過他的家裡還整理得不錯，一個失心瘋的人還能保持乾淨，我們這些清醒的人應該好好檢討一下才是。」

「阿姨說，何爺的夫人生前愛乾淨且有點潔癖，所以屋子內外幾乎都是白色，這樣哪裡有點髒就很容易發現到。想想，這樣活著實在可悲，失去了家人，又沒有了回憶，唉……」馬克就著婦人所說的完整敘述出來。

「可悲是嗎……」方馨萍再點了點頭，思考了一下後便從口袋中掏出一支針筒，拔除蓋子後往何偉的方向走去。

「馨萍！」

「萍萍！」

「馨萍姐！」

見狀，三個男人同時大喊，並有默契的前去阻止，因此沒注意到何偉臉部細微的變化，他無神的眼眸驚恐的閃了一下，放鬆的身體也因瞬間的僵硬而停止搖椅的晃動。

「怎麼了嗎？」方馨萍平淡的問。

「馨萍，這支針裡頭裝的是什麼？」馬克喘息的問，直覺針筒裡的液體絕非善物。

「這藥品還在研究中，據說比凝血劑還有用。」

郝仁納悶的問：「蛤，凝血劑？幹嘛用的？」

「安樂死的其中一種方法。原本正規的安樂死，應該要先注射麻醉藥讓患者熟睡，再用凝血劑堵塞其靜脈。但最新研究還未能使用的新藥品，就是現在我手上的東西，它不需麻醉患者，因為短短五秒內便能致死，期間不會有任何痛覺。」

方群連忙阻止，「安樂死？萍萍，這不好吧！」

「怪了，不是說他活著可悲嗎？那麼活著幹嘛？」

「拜託駒馨萍姐，妳也幫幫忙！」郝仁忍不住咆哮出聲，「這世上並沒有一定要非黑即白，要嘛活著不然就去死；有人要痛苦或悲傷的活著，那也是他個人的選擇，OK？」

「好吧，既然你們都這麼說了……」方馨萍將蓋子套回並將針筒收進口袋，在大夥兒鬆了口氣的同時又拿出一只小盒子。

「等等！這又是？」馬克瞇起眸子防備的問。

「恆心丸。我還是學生時期自製的，這東西讓我得了當年世界醫療組織的大獎，抱回一百萬英鎊的獎金。」

「一百萬？英鎊？」郝仁眨了眨眼睛，腦海迅速的轉換了幣值，「既然得了大獎，那麼應該是很棒的玩意囉？」

方群眨了眨眼，迅速搜尋多年前的記憶，「不過萍萍，我記得妳以前提過，這得大獎的藥品被禁用了不是嗎？」

「嗯，是啊。」她聳了聳肩，一派輕鬆的說著：「恆心丸主要是穩定病情用，我也不知為何遭禁用。」

「穩定病情？這樣很好不是嗎？那些什麼組織的是不是頭腦有問題？」郝仁為此感到不平。

「算了，反正獎金拿到就好。我這裡有三顆藥丸，讓這位何爺服下去後便能穩定持續病情。」方馨萍一副無所謂的模樣。

「好，那我去準備開水。」馬克才踏出步伐，卻又因為方馨萍後續的話而駐足。

「無論失心瘋、中風或什麼身體任何不好的症狀，哪怕是過敏、咳嗽等小毛病，都能保證就這麼一直維持到死亡為止，壓根沒有痊癒的機會。」方馨萍揚起得意的笑靨，「這就是恆心丸的威力，我的驕傲！」

「靠！什麼東東，還驕傲咧！」郝仁聽了不禁搶下她手中的盒子奮力往地面丟去，驚聲道：「還恆心丸咧！要命丸還差不多！」

「這也不滿意是吧……」方馨萍攏了攏秀髮輕嘆了一口氣，伸手再從口袋拿出一管用軟木塞塞住的小型透明玻璃管，「不然，用這個好了。」

「喂喂喂……」方群正要開口責罵孫女，耳邊卻先傳來一道求饒聲響。

「拜託你們饒了我吧！我……我不能死！就這樣死去，就太對不起我的太太了……」說著說著，何偉突然痛哭失聲。

「其實苟活並不比死來得輕鬆，對吧？」方馨萍淺淺的微笑，瞇起的眼眸從凌厲轉為放鬆，「說出來吧，說出來後你即將獲得前所未有的解脫。」

「這……」何偉遲疑了一會兒。

紅眼怪客團其他三位成員還處於納悶之際，眼看著何偉收回那佯裝痴呆的模樣，起身往山櫻花樹的方向走去。他伸手脫掉頭上的白色毛帽，帶著痛苦的低啞嗓音，緩緩的敘述著幾十年前所有事情的始末……

「我年輕時在外頭因為賭博欠了一屁股債，後來因為被債主追久了，害怕活在江湖身不由己的恐懼感。好在因緣際會接觸到教會，裡頭的幾位善心人士幫我解決了這筆債，並且在教會裡結識了我太太。」

「我太太是獨生女，家裡從事狗罐頭生產的工作。我們結婚後兩年，她的父親因病逝世，當然就由我太太回家幫忙接掌生意，我等於是入贅到她家中，得到丈母娘的信任後，自然而然慢慢開始接手負責人的位置。」

「蛤，入贅啊……對男人來說會不會太沒骨氣了?要是我……」

郝仁未說完的評論，在大夥兒責備的目光和噓聲下立刻吞了回去，「沒事、沒事，抱歉打擾，請何爺繼續說下去。」

「但因為競爭對手日益增多的情況下，再加上我缺乏從商經驗，漸漸的我們工廠開始積欠員工薪資，幾乎到了要倒閉的慘狀，當時我陷入了絕望。某天傍晚，天尚未全黑之際，我為了透透氣思考難題，便開車來到離工廠車程約七、八分鐘的小溪口處，那是我不久前才發現到的秘密基地。」

「那處秘密基地很少出現人煙，我在那裡對天咆哮，抱怨我的無奈和痛苦，跪著懇求老天賜給我一線生機。接著奇怪的事情發生了，我看到一個不明物體漂來面前……」

「朝向你漂來的不明物體，就是嬰兒的屍體，對吧？」方馨萍順著對方的話合理的推測著。

「嗯。」何偉沉重的點了點頭，「那是完好的嬰兒屍體，小小的臉蛋上沒有任何痛苦的表情。」

郝仁瞪大眼睛低吼：「你不要跟我說，因為你跪著向老天乞求哀號，正好有嬰兒屍體漂向面前，你就把這來路不明的小屍體當成老天送來的禮物？」

「接著……」馬克坐在櫻花樹下的石椅上交疊修長的腿，右掌摩娑著額際，「將小嬰兒的屍體加入了狗罐頭的特殊配方……」

望著何偉默認的眼神，馬克忍不住深深的嘆息，「唉，何爺，你怎麼會那麼傻呢！」

「變態！死變態！我還真想把你掐死！這種變態留在人世間只有害處，不如讓我來為民除害！」

郝仁才剛起身，方群和馬克立刻聯手抓住他充滿蠻力的體魄，阻止了他的衝動。

「正常人看到嬰兒的屍體漂來眼前，首要之務應該是報警才對，你卻把它當禮物送進攪拌機裡，這只有變態才會這麼做！靠！」

「哈哈……何必掐死我這種惡人來弄髒你的雙手呢？」何偉夾帶著鼻音的哭吼，有種瀕臨死亡的絕望音調。

「你們知道苟活在世上是多麼痛苦的事嗎？要不是我太太死前的遺言，就是希望我無論如何都要活下去，否則我早就自我了斷了。」

何偉絕望的音調讓在場的人聽了不寒而慄，也就各自暫時壓抑住過多的自我情緒。

方馨萍輕咳了一聲，率先將話題帶回，問：「所以呢？加了嬰兒屍體配方的狗罐頭銷量如何？」

何偉回答：「出乎意料的一夕間熱賣，並成功的拓展我們公司的版圖，開創了外銷二十多個國家的佳績，更重新找回了所有工廠員工們的信任，以及我太太及丈母娘的讚賞與信賴。」

「但你所認為的老天送的禮物，後來還有繼續在河邊撿到嗎？」方群問出了大夥兒的疑惑。

何偉搖頭，「再也沒有了。我每天守在河口盼也盼不到，雖然知道這種作法是錯誤的，但當時實在是太享受那種受人愛戴景仰的快感，最後私下透過管道尋求黑市交易，向世界各地收購嬰兒屍體。」

「那些有的是在私人醫院做流產手術，或者是生下來沒多久便夭折的小嬰兒。為了掩人耳目，我將收購來的小嬰兒，請廠商統一用厚厚的豬油包裹住，弄成正立方體，藏在工廠地下冰櫃中存放，通常在機器開始運作生產罐頭前，負責的廠長和副廠長就會取出幾塊當秘密配方。」

「所以死者章凱翔，或許就是當時的廠長或副廠長？」馬克終於了解事情的始末。

「章凱翔？」何偉聽到這個名字感到有些驚訝，「他在工廠爆炸前就和廠長莫名失蹤。說真的，他們兩位壓根不清楚罐頭的秘密配方究竟是什麼，無辜啊……所以你們認識他？」

「有關這個說來話長。」方群繼續再提出疑問，「不過，當時你撿到上天送來的禮物……那個禮物究竟打哪來的？」

「其實我也不大清楚。」

馬克忽然起身，神情若有所思的看向遠處，問道：「何爺，能不能麻煩您帶我們去一趟您所說的那個秘密基地？不知為何我突然有一種感覺，冥冥之中有股力量牽引著我們過去。」

◆※◆※◆※◆

「所以你真的不是自我了斷陽壽？那麼，你說當時有個惡靈把你引領到這裡來，至於砂土是你挖的，還是它？」

「嗯……該怎麼說呢？是我動的手……但我的行動完全被控制住，想要掙扎、逃脫，卻無能為力……結果還是自己動了手。」

章凱翔隨著鬼卒飄向當時斷送他生命的地方，依舊蕭瑟的夜晚，竹林颳起一陣陣陰風，但此時此刻他再也感覺不到冷了。

「所以你當初是自個兒動手，卻不是你所希望的結果，但結果還是造成了自我了斷生命……這該……」

「唉，連你們也不知道該怎麼界定，對吧？」章凱翔苦笑了一下。

每日早晚兩次，他都得在兩名鬼卒的監控下回到當初身亡的地點，然後就這樣周而復始的重複他自殺的舉動，直到未完的陽壽了結了才行。

回到此處，章凱翔心裡感到淒涼無比，他生前並非什麼大人物，當然也沒有人會知道這處偏僻的竹林裡埋藏了一具白骨。這裡不是墓穴，沒有人會在清明時節來祭拜，親友們更不會來到他墓前懷念往日的回憶。

鬼卒見章凱翔失魂的神情，安慰的勸說：「你別難過了，上頭不是已經幫你登了《靈報》？人界那邊一定會有高手幫忙解決你的疑問，等到一切水落石出，閻羅王會再對你發布其他處置的。」

◆※◆※◆※◆

「男人有個別人都不知道的秘密基地，這種說詞感覺還挺浪漫的，我決定以後拿這話來把妹，哈哈！聰明如我也！」

方群躍起矮小的身軀，狠狠敲了郝仁的頭顱一記，「怪咖！你這臭小子以為我們來這裡玩的是吧？」

「嘿嘿……也對齁。」郝仁吞了吞口水，尷尬的撫了撫發疼的後腦杓。

「這裡風景優美，很像我以前造訪日本的秘境溫泉區。通風良好、水質清澈，原本湍急的溪水在我們站著的這個平臺剛好成了匯集之處，隨流水漂來的落葉花朵在此處短暫停留。」馬克觀望周圍的環境才了解的說：「也難怪小嬰兒會停在這裡讓何爺拾獲。」

方群皺著眉思考，「不知這水的流向為何？可憐的小男嬰又是從哪裡被人丟棄的？」

郝仁雙手環胸猛搖頭，「哼！這問題就跟我當時提出去二十多個國家找尋罐頭的說法，老頭你回答如同大海撈針一樣。我看啊，要找出將近四十年前隨流水漂來的嬰兒屍體的身分，根本是痴心妄想啦！」

「其實何必麻煩？」方馨萍理性的提出見解，「《靈報》刊登不就是要找出死者當初的死因？我們既然已經完成死者章凱翔託付的任務，不如回去交差領錢，有必要感情用事再節外生枝嗎？」

「可是……」馬克很想說些什麼卻無能為力，但是就這麼離開，心裡忽然一股惆悵感襲來。他下意識的掏出在土地公廟裡求到的籤緩緩唸道：「解鈴還須繫鈴人，流水皆自源頭來。」

「是啊，這籤說得有道理，所謂萬事皆有源頭，不過我們哪裡知道這溪流源頭在哪？」郝仁挫敗的蹲下他高大的身軀，手掌有一下沒一下的撥弄著流水，「我知道馬克你心裡的不捨，那可憐的小嬰兒屍體不明不白的成了罐頭肉，我們卻無法為他做些什麼。唉！我也覺得難受啊，可怎麼辦呢……」

忽地，隨流水漂來的花朵爬上了掌心，那雪白的色澤和特殊的形狀頓時吸引了郝仁的注意，接著他起身大吼——

「你們快看，是雪鈴花，雪鈴花耶！」

「喂喂喂！你這臭小子莫名其妙突然大吼是想嚇唬誰啊？」方群不悅的回吼一記。

「嚇唬什麼啦，你們看看嘛！像雪般潔白，花瓣形狀小巧如鈴鐺的雪鈴花，不正是阿三哥提到的，幸福島上特有的花朵嗎？」

聞言，馬克也立刻跟著彎下軀體，用他那修長的手指撈來幾朵小花確認。

「沒錯！真的是雪鈴花。」

「爺爺，撥通電話給阿三哥。請他從幸福島的水源頭丟些什麼醒目的東西，如果這邊接得到，那麼事情就會有頭緒。」方馨萍淡淡的說著，其實心裡同樣對於小嬰兒的死因感到不捨。

「這是個好方法！不過要叫阿三那小子丟些什麼好呢？」方群掏出手機找尋電話簿，腦海不斷思考找尋適合的物品，「最好是防水材質的東西，比如說塑膠類或者……」

「有了！」郝仁靈機一動，一把將方群手中的手機搶了過來，「讓我來跟他說，我想到要請阿三哥丟什麼東西了。」

NO. 8

幸福島之不幸的過去

阿三在方群別墅大廳的會客室門前不斷徘徊，身穿黑色尼龍材質的長袍，袍子從頭遮蓋至腳踝，臉也只露出眼睛和鼻子部分，待他見到一行人下了車往這個方向來，他立刻急切的上前迎接。

「你們回來啦！馨萍小姐，我們好久不見了。」

「是啊，阿三哥，很遺憾聽到你們的事。」方馨萍友善的回應。

她曾經跟隨方群來過幸福島度假，雖然只有兩次，但她對這位客氣的大叔印象深刻。

據說阿三是島上最有身價的管家，通常重要貴賓都會由他來招呼；方家每回來這邊都是由他親自接待，照顧客人的需求無微不至。

「阿仁，你要我從山頂源頭處往外流出的井口裡，丟入在徐董家發現的嬰兒娃娃，請問有什麼特別的意義嗎？說真的，當時我還真有點猶豫該不該丟，畢竟現在世界各地都講求環保，我也想盡份心力少製造垃圾、還大自然乾淨，再說……」

阿三喋喋不休的話語，自目光瞥到郝仁從後背包裡拿出的物體後轉為驚訝。

「咦！這不是……我丟入井口裡的嬰兒娃娃，怎麼會在你手上？」

郝仁了解對方的疑惑，「這個啊～說來話長，詭異的嬰兒娃娃能順著水流來到我們手上確實也夠勁爆的，當時突然覺得這世界未免也太小了點。」

「嗯，有同感。」阿三認真的跟著點頭。

說真的，他不太懂所謂的勁爆點在哪，卻心繫著對他而言目前最緊急的狀況。

「對了……那、那個啊……關於我們幸福島居民身上所染上屍斑的事情，請問各位高手們有找到解決的方法了嗎？」

聞言，在場紅眼怪客團成員除了方馨萍外，其他人臉部的表情都細微的抽動了一下。三人尷尬的用視線相互較量，看是要推派哪位表示慰問之意，最後便由說話較為婉轉得體的人發聲。

「咳！阿三哥，我們還有些事情需要釐清一下，請你不要著急，我們會儘快想出解決的方法。」馬克實在不知該不該開口說出有關屍斑的事件到目前為止仍沒有任何頭緒，況且他們正在處理的是《靈報》所刊登的案件。

阿三連忙鞠躬作揖，道：「喔，不忙不忙！你們這些大人物理當有很多事情要處理，不過我真心的為島上所有居民請求，如果你們有空的時候，還請多多關照。」

「那當然啦，哈哈……」

這席話說得讓郝仁聽了都覺得慚愧，羞愧感讓他不禁臉頰搔熱；不過鼻尖飄來一股難聞的氣味，讓他忍不住努了努鼻頭，技巧性的開口詢問：「我說阿三哥，請問你一個星期洗幾次澡？還是最近幸福島很缺水？」

聞言，阿三不好意思的抓了抓頭，「嘿！我已經包得那麼緊了，還是讓你們聞到我身上的惡臭味啦？」

「阿三你穿這什麼，雨衣嗎？」方群向前拉了拉阿三的黑袍，這麼一扯便露出了前臂皮膚上潰爛的水泡，呈現怵目驚心的色澤。

「阿三，才兩、三天不見，你的情況變得這麼嚴重！」

「方叔，說真的……我們島上的居民是不是都快死了？」阿三顫抖的詢問，嗓音帶著懼怕的音調，「其實這幾天我已經開始在立遺囑了，雖然名下沒多少財產，但至少能湊一些寄給我即將步入禮堂的妹妹當作禮物。可、可是……我真的很不想……好不甘心就這麼死去……」

「不要再說了！」方馨萍出聲打斷阿三的哀怨，表情雖看似柔和，卻發出不容置喙的冷靜音調。

「在情況還沒有完全絕望的時候，輕易放棄就等於是向死神認輸。所以阿三哥，在你還有一口氣在時，請千萬不要再說出如此喪氣的話，哀怨是留給沒擔當的人的藉口，若想繼續存活於……」

「馨萍姐！」

「馨萍！」

「萍萍！」

三個年紀大小不同，成長經歷也大為不同的男人，同樣忍不住出聲阻止，畢竟眼前這位美麗的團員，每次開口說出的話雖不無道理，卻猶如一把鋒利的刀，一不留神就會被她砍得傷痕累累。

「怎麼了嗎？」方馨萍微微的揚起秀眉，不解的問。

「哈哈！沒事沒事，妳繼續、繼續。」欺善怕惡的郝仁哈哈乾笑，深怕自己成為下一位中箭之人。

「阿三哥，若你現在有空的話，隨我去美屍坊一趟，我想抽取你的皮膚細胞作化驗，看看究竟出了什麼問題。」方馨萍微笑詢問。

「好好好，我這就跟妳去。」

「等等！」方群開口喚住欲急切離去的身影，「阿三，你們這裡有沒有人住在幸福島上超過四十年的人？」

「超過四十年的居民啊……」阿三隔著袍子摳了摳越發搔癢的頸子，認真的思考著，說道：「我們這裡的居民很多都出外發展去了，像我待在這裡已經算是元老級的也不過剛好滿二十年；要住四十年以上，那得追溯到第三代島主的那個年代了……啊！馬伯。」

「馬伯？」

「沒錯。據說馬伯以前很風光的，他二十多歲來到幸福島工作，從那時起就跟隨我們的第三代島主徐永，因為辦事能力強又有信用，嘴巴守得夠緊，從不對外散播島主家族的任何大小事，所以深受島主的信任，位居總管家的職務。」

「馬伯自己也曾經提過，他居住在幸福島上從未離開過，也從沒有踏出島外一步的想法；他現今已經七十多歲，也就是說住在幸福島上，算算將近快五十年那麼久了。」

馬克客氣的詢問道：「那麼阿三哥，請問要到哪裡才能找到這位馬伯呢？」

「馬伯啊……他年輕時就喜歡釣魚，自從島主過世後他便開始當起漁夫，每個星期三都會到市集去販賣他親自製作的魚乾。馬伯的魚乾最棒了，有機會我一定要買幾條烤來讓你們嚐嚐看，保證你們一定會讚不絕口。」

「哈！天助我也！正好今天就是星期三，我們出發前往市集找人去吧！」話才說完，郝仁便迫不及待的率先邁開步伐。

◆※◆※◆※◆

「馬克，你不覺得不合理嗎？」穿梭在人潮擁擠的市集裡，郝仁不得不提高音量。

「怎麼，發生什麼事了嗎？」馬克即便在人多吵雜之地也顯優雅閒適。

「七十多歲的人我們喊伯伯很OK，但這邊有個八十多歲的，竟然要求我們喊他叔叔。我怎麼想都覺得怪怪的！」

方群不悅的踢了郝仁的臀部一記，「哼！你這小子最好曾經喊我叔叔……沒禮貌的臭傢伙！」

「喂！你這老頭說誰沒禮貌了？我看你是不想活……」郝仁粗話來到嘴邊忽然哽住，笑道：「哈哈哈……也對齁，我都叫你老頭嘛……哈，這樣心裡舒服多了，很合理嘛你說是不是？」

馬克技巧性的帶開話題，避免造成兩人之間的衝突，「這條市集才短短不到一百公尺，食、衣、住、行等相關物品樣樣都有賣，難怪這麼熱鬧。」

「我想這就是所謂可怕的三姑六婆性格，啐！沒缺什麼就是喜歡硬搶購。」郝仁不屑的咂嘴發出聲響，並搖了搖頭，「包成這副鬼模樣，身上潰爛的傷口都發出惡臭了，這些人竟然還有購物的欲望，實在太強了。」

方群意有所指的道：「身上有點錢當然很難不花來買樂子，但是窮光蛋就算有購物欲望也沒轍。」

「管你咧！以為我不知道你在酸我喔？哼！」郝仁斜眼抱怨間，忽然瞄到販賣魚乾的攤販，「找到了，在那裡！馬阿伯正在收拾攤位，我們快過去！」

「難怪阿三哥會說這位馬伯是位忠心耿耿的總管家，本來剛剛還笑臉迎人的招呼我們，不過才一提到島主徐永，就立刻變臉封口。」

郝仁撫了撫下巴考慮的說：「我要是島主，肯定會重金禮聘找來這種管家，不管好事壞事都不對外張揚，夠可靠了。」

「但我們這樣跟在馬伯後頭也不是辦法，他是目前唯一一位在幸福島上待了超過四十年以上的居民，如果這個僅存的線索都失去了，那麼一切又要回到原點……」馬克雙手插進牛仔褲口袋內，無奈的搖頭嘆息。

「再說，幸福島的居民到底出了什麼狀況？很想幫忙，卻不知從何幫起。方叔斷言這罕見的屍斑發作成潰爛的模樣，居民們所剩的日子恐怕不多了。」

「唉唷！」郝仁身體不由自主的起了寒顫，「什麼鬼地方嘛！當初盤旋在空中我不就說了，這座島雖然外觀呈現什麼幸福的圓形狀，可那土地中央的部分有一道裂痕，讓裡頭的紅土全然暴露出來，分明就像深刻的傷口。沒想到我們下了直升機後，就遇到這一連串怪事，你說玄不玄？」

「喂！我說你們兩個！有時間在那邊碎碎唸，倒不如好好想想該怎麼讓前面那位麻煩的人物開口說話。」

方群自路邊撿來了一根枯掉的細樹枝當成牙籤用，悠閒愜意的舉動跟眼前膠著的情況實在不搭。

他們三人在市集裡碰釘子後，依然不死心的一路尾隨在馬伯的身後。

馬伯先是把攤子上所剩不多的魚乾收進小麻袋裡，然後緩緩步行至市集東方約一公里遠處的田邊。

田邊有間木頭搭建的簡易工寮，他自工寮旁拿了幾根裁好、排放整齊的木柴，和一小把乾掉的竹片，再從褲袋內掏了掏火材盒；火材棒這麼一擦亮出了火光，熟練的步驟讓木材堆很快就起火燃燒。

接著，馬伯就著鐵網上烤起了幾片魚乾，香味四溢讓在一旁觀看的三人肚子咕嚕響了起來。

過沒多久時間，十多隻貓咪突然從草叢中一一出現，並乖乖的坐著等待。

等馬伯餵食完這些流浪貓之後，他又默默的拿起工具間裡的竹簍和釣具，往一條緩坡的羊腸小徑走去；爬了約半個鐘頭左右的路程後，馬伯終於停下，然後開始釣起魚來。

「唉！我們要乾坐在這裡到什麼時候？總不能就這樣下去吧？」

這時，方群頭上的小白花吸引了郝仁的注意，並樂得笑瞇了右眼，「哈哈！老頭何時開始在頭上別起花朵了？萬一剛好有同志經過這邊，以為你這是種特別的暗示，很有可能會走過來熱情的邀你出櫃喔，哈哈！」

聽郝仁這麼一說，方群立刻搖晃腦袋並抖了抖身體，執意將全身上下的花朵全抖落下來。「哼！麻煩死了，這條路上到處都是凋謝的雪鈴花，地上也是、身上都是，那香味還真是惱人。」

相較於方群的不適，馬克卻沉浸於美景之中，讚美道：「難怪阿三哥說，雪鈴花凋謝就像飄雪般，在這座四季如春的島上，竟然能看到一片銀白世界，那種感動是言語無法形容的。」

「哼！又來了。」郝仁撇嘴，看不慣馬克自然而然露出漫畫裡花美男的高貴模樣。

「對了！阿三不是說過，整座島上只有通往水源頭的路上才種滿了一排雪鈴樹？」方群這麼一想，頓時振奮了士氣，「這麼說，我們請阿三把那個鬼娃娃丟入的源頭井口不就在這附近？」

郝仁連忙附和道：「是啊、是啊！這附近很可能就是四十年前，小嬰兒屍體被丟棄的地方。」

「唉唷，該不會小嬰兒的冤魂還在這附近打轉吧？要不然我怎麼渾身起了雞皮疙瘩……靠！到底是哪位死變態殺死小嬰兒，又狠心的把屍體從水源頭丟棄的？」

「喂！你們幾個在那邊胡說八道些什麼！」

守口如瓶的忠心管家終於開口。

「馬伯終於肯說話了。」馬克興奮的揚起笑容。

「讚！小嬰兒的冤魂可能有救了！」郝仁跟著大喊。

只見馬伯慌張的拋開手中的釣具，轉身邁開步伐前來大吼，原本溫文儒雅的表情忽然猙獰變色，「閉嘴！還不快點給我住口！」

「我說真的，馬伯啊馬伯，事到如今你就招了吧，再繼續這樣裝聾作啞也不是辦法。」郝仁帶著試探的口吻詢問。

雖然不知道馬伯究竟和那四十年前被丟棄的小嬰兒屍體是否有所關聯，但看他如此激動，肯定是知道些什麼。

「我不清楚你們幾個在說些什麼，只是單純覺得我們幸福島上近來已經發生太多狀況，所以不希望有外人四處散播謠言，再惹出更多的事端。」馬伯帶著防備的眼神有些閃爍。

「喔，太多狀況？」

方群拋開手中的樹枝，對郝仁使了個眼色後，緩緩的踏步靠近比他高出一個頭的男人，說道：「我說馬老弟，你指的狀況該不會是幸福島的居民們，包括你在內，全染上屍斑這事？」

「屍、屍斑！」馬伯為這名詞感到驚訝。

「沒錯！就是屍體的皮膚上才會長出的斑點，可是卻莫名長在你們這些活人身上，不覺得有夠詭異嗎？我在想，會不會是小嬰兒冤魂的詛咒？因為怨氣太重，讓整座島嶼像是被揮之不去的厄運所籠罩，再過不久就會變成一座死城。」

郝仁挑了挑眉，表示收到方群讚賞的目光，他知道那眼神示意著——臭小子真有你的，你是編劇啊！

「哪、哪有什麼冤魂？」

馬伯開始慌亂，說話顯得有些支吾了起來，「還有，你們說的那個什麼小、小嬰兒的，他都沒有知覺了，還會詛咒嗎？這、這說法實在太危言聳聽了！我們居民會出現這樣的狀況，肯定是當地的水質或者食物什麼的出現問題，目前已經有人在追蹤檢驗了，我想結果肯定很快就會水落石出。所以你們最好別亂放話！」

「咳！怎麼會沒有冤魂？我就老實跟老弟說吧。」

方群佯裝熟稔的踮起腳尖，並貼近馬伯耳側小聲的說著：「其實我這雙陰陽眼能夠通靈。我看到在這水源處飄散著一股濃厚的怨氣，若不是當年死去的小嬰兒，難道還會有什麼人在這裡作怪？」

馬伯橫眉豎眼的推開方群的矮小身軀，並且怒斥大吼：「閉嘴！你們到底從哪來的？不是當地居民還敢在這邊亂說話！我要下山去招集其他居民，聯合將你們幾個趕出幸福島外！」

馬伯說完便趕忙轉身，欲往山下的方向走去。

「哼！真是石頭性格又臭又硬，難騙啊這傢伙！」方群搖頭大嘆的咕噥著。

他還以為他們倆這樣一搭一唱，幸運的話搞不好能夠騙出些什麼重要線索，看來還是失敗了。

忽地，一道低沉的嗓音傳來，頓時阻止了馬伯邁開的步伐。

「我說小馬啊！」

「島、島主？」馬伯旋身，面露驚訝的神情。

這稱呼好久沒聽到了。不過，這聲呼喚並非來自於熟悉的面孔，而是他不想面對的年輕人。

「阿仁……」馬克向前推了推閉起眼眸的郝仁，不太確定這身體此刻是否仍住著原來的主人，「難道你又被附身了？」

「小馬，還不快點過來叫這位年輕人住手！」

這語調威嚴十足，震懾了馬伯，也讓原本懷疑的方群和馬克識相的往後退了一步。

「島、島主？」馬伯不聽使喚的腳步緩緩邁開，飛快的迎向他這輩子最尊敬的人物。

「小馬，是我錯了。」郝仁緊閉著眸子，高大的身軀微微前傾，「當初如果不這麼做，幸福島上的子子孫孫們就不用承受現在的痛苦……還有你也是，都是我連累了你……」

「千萬別這麼說島主！當時您也是逼不得已才會這麼做，犧牲了……痛心的犧牲了……還不是為了我們所有居民的平安才會、才會……」

「唉！其實說穿了，我不過是個殺人凶手，哪有資格得到島民們的愛戴。親手殺死才剛來人世間不久的小小生命，我竟然沒下地獄，老天爺可真是對我太仁慈了，如果可以把我打入……」

馬伯連忙打斷對方的詛咒，「您不是殺人凶手！請千萬不要這麼認為，要不是當時那個道士建議您向惡魔交換願望，您也不可能會親手殺死……親手殺死那惹人憐愛的……」

「小嬰兒……靠！」

原本低沉空靈的語調瞬間變得活力十足，郝仁閉起的眼眸突然撐開像銅鈴一般大，他忘記自己正在演戲，瞬間激動得咆哮：「所以殺死小嬰兒的原來就是當時的島主？幹！真的假的？」

◆※◆※◆※◆

「阿仁，所以你剛才是在演戲？」馬克瞇起那狹長的眼眸上下打量著郝仁，至今仍不可置信。

「不然咧？你以為我還真的被島主附身啊？媽咧！我又不是衰鬼，還天天被附身。」

「真是亂假成真……」馬克點了點頭，佩服郝仁的機智，「不過小馬這稱呼未免也太巧合了點。」

「沒錯，幸運齁？」郝仁摩拳擦掌，表情甚是得意，「這島上有沒有在賣什麼彩券或刮刮樂之類的，應該趁現在運氣不賴，隨便買一張來試試手氣。」

「我就想像當時的島主肯定威嚴十足，況且他們那種老一輩的人都超喜歡擺老，看到年紀輕的就習慣不喊名字，隨便把人家的姓氏前面冠上個『小』字當暱稱，所以我就臨時起意，喊馬伯一聲『小馬』——哇哈哈哈！沒想到這招竟然奏效，我當然就抓緊機會順勢演下去囉！」

「咳、咳！」馬伯尷尬的咳了幾聲，忽然覺得方才老淚縱橫的樣子實在丟人現眼。

方群睨了郝仁一眼，「所以你這小子並非沒才華嘛，只是要找對路子。其實你當時不應該去跟人家那些會讀書的學生拚考試，去坊間找個什麼演員訓練班蹲蹲看，搞不好有機會進演藝圈，成為演反派的一線演員。」

「喂！一定要反派嗎？我就說你這老頭什麼時候開始會說好話了。」郝仁一開始還聽得心癢癢，結果褒中依然帶有貶的意味存在。

「哈囉各位，人我請來了。」

阿三領著徐浩董事長來到馬伯的小工寮，手扶著牆氣喘吁吁的詢問：「呼……應該沒拖大家太久時間吧？」

「真不愧是幸福島上萬事通的阿三哥，只要答應的事，就能在最短的時間內完成。」郝仁朝阿三吹了個口哨後，不忘熱情的招呼。

「徐大哥請進，別客氣當自己家啦！」

「各位好。」徐浩禮貌的向屋內所有人點頭。

「所以我們找徐大哥來為的是什麼？是想請他贊助什麼嗎？哈哈！」

阿三隨即解釋：「因為徐董的爺爺就是我們第三代島主徐永，馬伯說這個事件和徐董有關係，所以就去把他請來了。」

「請坐，小少爺，原諒我這邊簡陋，沒什麼好招待的。」

馬伯準備起身招呼，卻遭到徐浩連忙制止。

「別忙馬伯，我自己找位子坐。」

徐浩拉了把木椅就座，雖然未有印象見過面，但對於對方是爺爺管家的身分，便多了一份親切感。

「不過說真的，馬伯，您能夠將秘密守住這麼多年都不曾洩漏，光想到這點真的很不容易。」馬克說著。他就著馬伯工寮內簡便的器具，並自外頭摘來的肉桂葉及雪鈴花瓣，煮了一壺花茶，倒了一杯先遞給馬伯享用。

「謝謝。」馬伯雙掌貼著溫熱的杯面，即將卸下肩頭上獨自承擔多年來的秘密，頓時有種鬆了口氣的疲憊感。

「說吧小馬，現在人都到齊了。說出來後，無論是對你，或者是你的主子，甚至是所有居民們，都會得到最大的解脫。」方群最後再推了一把，給了馬伯足夠的勇氣。

「嗯，事情是這樣的，那是多久以前的事了……」馬伯細細的回想，就像打開被塵封已久，埋入洞穴中的神秘寶盒。

「我們幸福島據說在好幾代前，因某位知名的科學家來此探測到礦物，並和鄰近國家的富翁交易協助開採而富裕；後來礦石漸漸採完了，便轉為發展觀光勝地，剛好傳到了我的主子徐永那代。」

「當時不知什麼原因，島上接二連三發生許多無法解釋的怪事，也傳出了居民上山下海工作相繼不幸身亡。正巧有位四處修行的道士來到我們島上，他說我們島上在開採礦石的過程中，驚動了千百年前遭封印的惡靈，才會發生諸多不幸。因此道士提議說，他願意幫忙作法讓島主徐永和惡靈對談，並達成了一項交易。」

「那麼迂腐的事情一個堂堂的島主也相信，那他還有什麼臉去面……」郝仁批評的話語想要一股腦的說出來，但眼神對到馬克及方群朝他比出閉嘴的手勢，又只好默默的吞了回去。

「道士表示，惡靈的交易需求無法改變，它要求島主用一個純潔不受汙染的軀體作為祭品，才能平息它所受到的驚嚇，這樣它才不會繼續作怪打擾居民生活，所以島主他才會做出……」

馬克嘆了一口氣，「純潔的靈魂軀體，也難怪會犧牲掉一條無辜的小生命。」

郁仁連忙追問道：「所以那個小嬰兒是打哪來的？應該會像石頭島上的何爺存有那麼點良心，找來的全是已經夭折或者斷氣的小身體，對吧？」

只見馬伯痛心的搖了搖頭，「道士說了，惡魔需要的交易條件是活生生的、純潔的小嬰兒肉體。但是這個祭品從哪裡找來都不對，剛好島主的兒子新婚不久，也就是徐董的母親生下了小孩。」

「蛤！徐董被拿來當祭品卻還能活到現在，那徐董不是人而是鬼囉？你這故事說謊不打草稿嘛！」郁仁歪著嘴和徐浩對看。

「如果不是徐大哥的話，難道會是同卵或異卵雙胞胎的兄弟姐妹？」馬克試著推論。

「嗯，是徐董的弟弟，晚半個鐘頭出生的雙胞胎弟弟徐善。」馬伯依然記得兩兄弟出生時徐家的喜悅。

「我有弟弟？」這說詞頓時讓徐浩睜大了眼睛，「我還是第一次聽說！父母親在我很小的時候相繼身亡，而我一直以為自己是獨生子。」

馬克忽然覺得有種深沉的惆悵感，「能夠想像當時島主在選擇的時候，心裡的掙扎會有多麼痛苦……若是我，我真的無法做出決定。」

「是啊，那是一段沉痛的回憶。誰說時間能夠沖淡一切？哪怕過了將近四十年的時間，依然記憶猶新，就像昨天才發生一樣……」

馬伯落寞的閉上眼，緩緩道出過去的一切。

◆※◆※◆※◆

柔和的粉藍色調在昏黃的燈光下顯得溫暖可愛，兩張白色的嬰兒床上分別躺著兩名沉睡中的小嬰兒，兩張難以分辨誰是誰的小臉龐彷彿白嫩嫩的包子皮般，時而呵欠、時而努努小嘴，模樣看了惹人憐愛。

「我的小乖乖們，每個都是我的心肝寶貝啊！」

徐永刻意壓低音量，矗立在兩張嬰兒床之間，輕柔撫摸徐浩肚皮的左手手指被嬰兒的小手勾纏住。

「哈哈！浩浩他小小的手指竟然力道十足，等他長大我要跟他比腕力。」

接著，他用右手手指搔了搔徐善的小鼻頭，看那因為被打擾而努動小嘴抱怨的神情，笑紋在徐永嚴肅的臉龐上驀然漾了開來。

「愛發脾氣的小善善，等你長大爺爺也老了，萬一你跟同學打架，爺爺也沒辦法跟你一起揮拳，所以你要自己獨立加油喔！」

自從徐永的兩個孫兒出生後的每個夜晚，他即便處理島上的政事忙到不可開交，但總會在睡前來到兩個雙胞胎的房間，靜靜享受著人世間任何事物都無法取代的天倫之樂。

「小馬，確定他們不會突然回來，對吧？」

「島主請放心！我安排了一個星期的行程，說是您要感謝少夫人辛苦懷胎十月，也順便補他們倆年輕人的蜜月之旅。」

「嗯，等我兒子和兒媳婦回來，面對他們的絕望心痛，唉……」徐永溫柔的眼神一凜，取而代之的是無奈與痛苦。

「我說小馬，要是你……你會做出什麼樣的選擇？哪一種選擇是對的？什麼樣的抉擇才能將痛苦降到最低？」

「島主，我……」

小馬為難的神情讓徐永苦笑了一下。

「很難對吧？手心手背都是肉，割捨掉哪一邊都會痛，但我……身不由己啊！」

徐永就這樣左右觀看，兩張臉龐睡得如此與事無爭，純潔得令人心疼。他根本不知該如何選擇，這難題已經困擾了他兩個星期。

這段時間，他依然在睡前都會來孫子們的房間，待回到自己房間躺在塌塌米上卻又輾轉難眠，一夕間無論是面容還是身體都蒼老了許多。

「那個，島主……」小馬面有難色的打斷徐永的猶豫，「供奉祭品的最佳時辰快要到了，還是乾脆不要相信道士的話。」

「我是這個家的父親，卻也是守護這座島上所有人的力量。居民們接二連三的傳出無法解釋的惡耗，就像在這兩個寶貝中做出抉擇，和要不要選擇相信道士之言拯救幸福島，其實對我而言都是非常不容易的事……」

哽咽的話語卡在喉頭不上不下，酸澀得讓他欲忍住淚卻依然傾瀉而出。

「島主……」這是小馬距上回六年前島主夫人病逝以來，許久未見到主子如此悲痛的神情。

徐永向來理性嚴肅，處理事情果斷迅捷，只要是關於居民們的生活事情，他都是不畏麻煩的挺身而出。

「好了，什麼都別再說了。」

徐永露出壯士斷腕的神情，伸手拭淚恢復冷靜。

「你先過去準備，帶著道士在源頭等著，我馬上就會抱著祭品出現。」

「島主，那個……能否請問……啊，沒事、沒事。」

小馬恭敬的跟隨在主子左後方，雖然知道自己不該踰矩，卻還是忍不住開口。方才經歷了一場前所未見和平的儀式。

小馬原本想像的畫面應該是更血腥的，但道士只是舉起桃木劍朝空比劃，空拋的幾張符咒在落下時，其中一張莫名著了火，瞬間化成灰、掉入了裝有源頭水的木杯中；接著，道士請徐永用手指沾了沾杯中的水後，輕點在嬰孩小巧卻飽滿的額頭以及口中，然後沉睡中的小嬰兒似乎睡得更香了。

據道士說，符水中含有劇毒，飲用者不久後便會身亡，唯一值得安慰的是，死者會在睡夢中失去生命並不會感到痛苦。

「想問我為何選擇徐善，對吧？」徐永的嗓音聽起來平靜，卻有種魂魄被抽乾的精疲力盡感。

「如果可以的話。」小馬默默的跟著徐永的步伐往山下走去。

清晨的山間起了薄霧，小馬為了不引起他人注意便沒有點燈，他以為島主沉默許久恐怕是不會說明一切，但許久後島主還是開口說話了。

「當時我朝著我的兩個寶貝孫子低聲的說抱歉，並且誠實的說明了我接下來所要做的殘忍舉動是為了救更多的人，雖然知道他們還小，根本聽不懂。」

「然後，浩浩在夢中笑了，我想他這麼善解人意的小孩實在讓人下不了手，那個笑容彷彿在跟我說『爺爺我了解您的痛苦，如果能夠讓您放下心裡的掙扎，那麼我什麼都願意做』。」

「那小寶貝的笑容就是讓我狠心做出決定，犧牲掉善善的最後原因……但小馬你懂的，我有多麼捨不得善善！」

「我、我懂。」

「做出如此殘忍之事，我想我應該會遭天譴吧？」徐永嗓音聽來平順，踉蹌的腳步卻洩露出他心中的悲痛。

小馬急道：「千萬別這麼說島主！您也是為了我們島上所有居民的安危才會這麼做，老天一定會理解您的苦衷。」

「唉！很抱歉讓你見識到這種難堪之事，不過能幫我的也只有你了。小馬你放心，萬一有天我徐某遭遇不測下了地獄，絕對會跪著懇求閻羅王千萬不要牽連無辜的人，所有不幸只要算在我徐某一人的身上就好。」

「島主……我……」小馬根本不知該開口說些什麼安慰的話。

「什麼都別說了，就讓今日的一切隨著日出從此隱沒在黑夜中……你應該會幫我守住這個秘密吧？」

小馬信誓旦旦的保證道：「小的以性命作保證，絕對不會透露任何相關的情況，並且讓這個秘密跟隨著我進入棺材。」

「嗯，小馬，有你真好。讓我們期待明日天晴，祈求老天爺幫助我們幸福島重見幸福的天日吧！」

NO. 9

他是我弟弟

「怪了，我明明就在這附近看到小嬰兒的，那個時候我和老頭以及馬克分頭進行訪查，因為過程不順利而感到洩氣的……」

郝仁興沖沖的率領一票人馬來到沙灘，他時而站在原地朝四面八方觀望，甚至還趴下身軀找尋。

「上個星期我也是差不多在傍晚時分見到淘氣嬰兒的，不過奇怪的是，雖然他還是個嬰兒，但卻已經會走路了。」

當郝仁苦惱的皺起眉頭，找尋記憶中的任何蛛絲馬跡時，卻從身後傳來一道狐疑且刻意高頻的音調。

「嬰兒會走路？這則笑話聽來還挺逗的。」

「笑話？」郝仁倏地火大起身，看看這重要關頭是誰在潑他冷水，「臭老頭！我用人格保證，如果我說的話有任何虛假，就當場遭天打雷劈。」

「咳！阿仁，沒那麼嚴重，你別隨便輕易的發毒誓，再說……咳咳！」徐浩輕咳了幾聲勸阻道。

雖然幸福島終年氣候溫暖，但是傍晚的海風吹來，還是讓身體虛弱的徐浩感到喉嚨不適，時不時咳幾聲。

見狀，阿三體貼的提出意見：「我看我們還是離開這裡好了，徐董感冒，不太適合吹冷風。」

「不如這樣，大夥兒若是不嫌棄，就到我家來作客。我請人叫外燴過來，相信大家肚子都餓了吧？」徐浩熱情的提議道。

阿三為難的詢問：「可是……夫人不是在休息養病嗎？我們一群人就這樣過去會不會太打擾了？」

「沒事的，我太太昨晚咳嗽咳得嚴重，送去醫院時醫生說肺部有點發炎的狀況。目前有醫護人員照料，打個點滴後情況已經好轉了。」

「既然有好吃的招待，那就不要臉的打擾一下。」方群撫了撫腹部，肚子跟著發出怪聲，「不說還好，一想到中餐沒吃，我的胃就開始嚴重抗議了，但我這人嘴巴很挑的，不是隨便什麼清粥小菜就能輕易打發。」

「吃吃吃！到底知不知到這趟前來的目的是什麼！」郝仁因為不滿方才被受質疑的窘況，便將這把怒火延燒至此。

「怎樣，不爽喔？」方群挑釁的挑眉。

「再說你這老頭何時挑剔過了？只要肚子餓，隨便什麼東西都能塞入口中！人家徐董家很富有的，還會拿清粥小菜招待客人嗎？我上次去他們家，連過來幫忙的一個女生叫什麼來的，托盤上端了叫什麼芙蓉煲湯還粥之類的，我光聞那味道口水差點沒流出來……對了！那個女生……」

郝仁話還未說完便急忙轉身，邊邁開步伐、邊不忘回頭交代——

「你們先過去徐大哥那邊，我去找個人隨後就跟上！」

◆※◆※◆※◆

「萱兒小姐，快跟大家說，妳有看到什麼嗎？」郝仁跟在少女的身後急忙的盤問。

少女搖了搖頭，「沒有啊，我什麼都沒看到。」

「那妳跟大家說說看，上次妳來這邊時是不是看到一個小嬰兒，就是妳從徐太太房間出來後，不是說了什麼要幫夫人倒水，再來又說什麼要不要把小少爺抱進來之類的，對吧？」郝仁舉起手中的嬰兒娃娃，「還有這個東西，想起來了齁？」

聞言，少女頓時猛搖頭否認道：「有嗎？我不記得了，對不起，我的記憶力一向不好耶。」

「靠！記憶力不好？」郝仁猛然大吼，口吻跟著急切了起來，「怎麼會忘記？明明不過幾天的時間，妳就給我裝傻了起來？我明明記得妳這麼說的『那在後院草地上玩耍的小小少爺，我要不要過去把他叫進來？』，還有『小少爺遞給我這個嬰兒娃娃，好像是要送我當禮物一樣。』……怎樣！現在想起來了沒有？」

「我、我……」

萱兒被那朝著自己步步逼近的身軀嚇得往後退卻，直到身後一雙溫暖的大掌握住她的肩頭，並將她移至身側保護。

「阿仁，沒有必要這樣恐嚇小女生，她說沒有就是沒有，不要再逼人家了。」

馬克挺身而出，柔和淳厚的嗓音倒是安撫了郝仁一度躁動的情緒。

「其實我們可以再想想其他方法，對嗎？」

「算了！沒人肯相信我的話……我郝仁雖然並非是什麼大善人，但是我從來不喜歡誇大其詞，沒有看到的事情絕對不會無中生有……」

郝仁很想說些什麼為自己辯解，卻又忽然感到無能為力。

「好吧，就當我愛亂放話，你們呢就當故事聽聽，不用放在心上！」

方群小心用湯匙將蟹膏取出，送進口中細細品嘗新鮮的食物，耳邊傳來的吵雜聲讓他忍不住提出抗議：「你這臭小子到底在那邊裝神弄鬼什麼？大家目前都在集思廣益，想辦法解決居民們身上屍斑的問題。你就好好坐著吃飯，一大桌的美食等著我們解決，別再為了搶鋒頭而想辦法表現了。」

「什麼！你說我只為了搶鋒頭？」

方群刻薄的口吻徹底惹惱了郝仁，可他這回卻選擇壓抑爆發的情緒，帶著怒氣的雙手猛然伸進褲袋內，奮力起身準備離席，忽然間，指尖摩擦到類似回收紙粗糙的觸感，石頭島上土地公小祠堂求來的籤頓時閃過腦海——

解鈴還須繫鈴人，流水皆自源頭來。

郝仁瞇起右眼思考，並緩緩的坐回位置上。

「哼！想要耍帥離場，卻還是抵不過五臟廟的抗議對吧？這個孬種的小子！」方群瞥了一眼奮力起身沒幾秒鐘，又再度坐回餐椅的郝仁，戲謔的勸說：「你就乖乖的先吃點東西，噹噹看這道烏骨雞燉湯，美味到不行啊！」

「哼！這種天氣吃那麼補，小心流鼻血……」郝仁咕噥的抱怨，卻也將方才衝動的口吻壓下。

想了想，郝仁下了一個決定，認真的對大家說：「各位！享用完美味的晚餐後，若大家不介意，請再給我一次機會。這次再不行的話，我就會徹底死了這條心。」

◆※◆※◆※◆

「怎麼，這次應該可以徹底死心了吧？」方群不客氣的道出了一行人的想法，「你這臭小子要我們一行人跟著你浪費時間跋山涉水，到底是希望我們看到什麼？」

「等等啦，再讓我瞧瞧……」郝仁不放棄的四處搜尋可能的機會，有時還乾脆趴下身體往草叢中鑽去。

「你到底要我們等些什麼？」連馬克也難得的提出質疑：「阿仁，我知道你急著解決居民們的險境，但現在我們該做的應該是尋求科學的方法，而不是像現在這樣，像隻無頭蒼蠅到處亂飛，再這樣毫無頭緒的亂闖下去，很有可能會失去黃金救援的時機。」

「怪了！不是說找到源頭就會有轉機……」原本一手提抱著嬰兒娃娃在源頭周圍仔細勘察的郝仁，因為馬克難得的重話而頓住步伐，「你說我是無、頭、蒼、蠅？」

「難道不是嗎？」突然現身的方馨萍沿用她平靜的口吻幫腔：「你當這裡是遊樂園，像個小孩哭鬧要求大家陪你玩是嗎？」

「幹！你們這幾個爛夥伴講那什麼風涼話！」

郝仁此刻再也無法抑制住滿腔的怒火，一股腦的全數爆發出來。

「我認真的想要盡一份心力，你們非但不幫忙就算了，還老是在旁邊潑我冷水，是怎樣？不爽過來幹架啊！」

他瞪大眼睛，撐大鼻孔噴出怒意，握緊的雙拳讓手臂冒出根根分明的青筋。

「火了火了，你們快看這小子的眼球似乎已經凸了出來。」方群轉怒為笑，原本坍塌的白髮瞬間飛舞張揚。

「不愧是方叔，居然能想到這個方法，原來必須得激怒阿仁，才能讓他發揮體內強大的力量。」

馬克驚訝的瞇著眸子，望向從郝仁戴著眼罩的左眼周圍溢出那道遮掩不住的火紅光芒。就連在場的阿三和徐浩，也都被前所未見的景象驚得愣住了。

「你們幾個到底在說些什麼！少給我在那邊打啞謎，今天要不給我個交代，我絕對會跟你們耗到底！」

郝仁將手中的嬰兒娃娃倏地往上舉高，想藉由狠摔的動作將滿腔的怒火發洩出來；怎知他將嬰兒娃娃往源頭的井口邊摔去，娃娃竟沒掉入洞口內，反而凌空飛了出來，咚咚咚的彈向一旁的草地。

這時，奇怪的事情發生了！

趴在地上的嬰兒娃娃忽然緩緩的翻過身來，因設計仰躺時自然而然閉起的眼睛此時突然張開後又闔上，並發出了某種類似由地底發出的，低沉而死寂的聲調。

「呼……喝……呼……」

那聲音像是喘息，卻又彷彿某種深埋多時，即將傾瀉而出的恐怖力量。

「你們快看！它它它……它的肚肚肚……肚子！」阿三驚訝的喊出心中的恐懼。

令人頭皮發麻的氛圍，讓平常在微涼的夜晚仍穿著背心的阿三即便因為遮羞而披上黑布的身體，也不由自主的因為莫名的冰冷而不斷顫抖。

「馬的！真的見鬼了！」

郝仁忘了前幾秒鐘自己還在火些什麼，雖然他努力想讓大家知道的是，他先前見到的可能就是小嬰兒的靈魂，卻從未料到是現在這般駭人的景象。

「那個娃娃……究竟發生了什麼事情？」

徐浩的恐懼感不亞於阿三，但不知怎麼的，他卻有種難以形容的熟悉感湧向胸口，再由胸口激盪出的暖流往上衝，熱濕了眼眶。

「呼……喝……呼……」

嬰兒娃娃的腹部某些部分忽然往內塌陷，血紅的色澤染紅了缺口，浮現了幾行顫抖的字樣——

我費盡千辛萬苦　終於操弄你的喜樂哀怒
我違背敬愛的主　也想刺穿扒開你的腸肚
你只是一個笑容　徹底主宰我命運的無助

接著，嬰兒娃娃的眼睛閉了一下後猛然睜開，咧嘴的笑容漾出了鮮紅的血漬，顯得猙獰可怖。

「你是……徐善？」徐浩本能的提出疑問，他雙腳無法控制的走向草地，並蹲下身體靠近詭異的嬰兒娃娃。

「哈哈哈！是啊，我親愛的哥哥。相信你這將近四十個快活的年頭，應該過得不錯吧！」

嬰兒娃娃倏地坐起身，雙手忽然伸長猛然掐住了徐浩的頸部，讓他一連咳了幾聲後因為呼吸不順而臉部發黑。

「等等！你這惡靈還不趕快給我住手！」

方群見狀，趕在第一時間便向前抓住嬰兒娃娃的身體，卻沒料到小小的身軀內深藏著未知的力量，他手才剛接觸到就立即遭彈開。

「哎唷喂呀～骨頭快散了！你們幾個愣在那邊做什麼？還不快過去幫忙！」

「這……可、可是……」

在場其他人都知道情況危急，但是駭人的景象抑止住了心中見義勇為的力量，猶如沉重的船錨拖住了雙腳，動彈不得。

「喵～喵！」

此時，王子忽然現身，喵的一聲在緊急時刻飛撲至郝仁的肩上，一把扯掉了他的黑色眼罩。

郝仁睨了王子一眼，「靠！你這王子麵平時不見蹤影，每次非得選在這種危機時刻出現，是要適時提醒我，該被附身的時候到了是吧？」

意外的是，郝仁並未出現抗拒的念頭。他知道情況不妙，再不想辦法做些什麼就要鬧出人命來了，雖然他壓根沒有控制具有怪異功能的左眼，更不知道面對這個小嬰靈的魂魄時，又會出現什麼情況……

「阿仁，你要就快點行動，再拖下去我們就準備收屍吧！」方馨萍淡淡的開口，卻像引爆的彈火催促著郝仁的移動。

「喂！現在是在幹嘛？上演兄弟自相殘殺的戲碼啊？」

郝仁立即向前抓住嬰兒娃娃的雙手，猛力扯開，無法控制的強大力道，將掐住徐浩的一雙手折開散落，娃娃身體跟著滾落至地。

「咳！咳！」

終於得到解脫的徐浩猛烈吸了好幾口氣，才讓身體找回了空氣流通的空間；豬肝色的臉頰漸漸變回紅潤，卻還是不忘趕緊發聲阻止。

「阿仁，拜託請不要傷害我弟弟！」

「OK，我不動手。不過請你有話好說，別再給我動手動腳的！」郝仁警告的用手壓著娃娃身體，卻感覺得到反抗的力量強大得和他不相上下。

「弟弟？哈哈……弟弟啊！」

猖狂且空靈的笑聲微微震動了大地，一陣襲來的風捲起了散落一地的雪鈴花瓣。

「原來你還會認我這個弟弟，那還真是我徐某的榮幸啊！」

娃娃嬌小的胸膛往上使力，推開了制伏住它的力量，並且緩緩的爬起身來。失去雙臂的嬰兒娃娃軀體不斷的左右搖晃，嬌巧矮小的模樣並不讓人感到憐愛，反而呈現一種令人咋舌的恐怖畫面。

「靠！沒想到鬼娃娃花子這種噁心的劇情，竟然會真實上演。」郝仁搔了搔發痲的頭皮，說出了自己第一眼的感想。

「怪了！老頭能不能幫大家解釋一下，徐善離開人世時不過是個小嬰兒，連開口叫爸媽的機會都沒有，現在怎麼能夠說一連串的話？」

「嗯，這個問題問得好。我以前也聽過有這樣的例子，也就是說徐董活了多久，他的弟弟徐善的魂魄就待在這島上多久，應該是怨念過重，錯過了投胎的機會，這樣就很難回得去了。」

方群一邊解釋著，一邊目不轉睛的瞪著眼前驚奇的畫面，他不得不承認因為郝仁的出現，讓他見識到了或許一輩子都不大可能碰到的異事。

「徐善，我很抱歉至今才知道你的事，要不是爺爺的管家馬伯敘述，否則這個秘密很可能會伴隨著他入殮都不被揭發。」

徐浩困難的揚起嘴角，但笑容卻顯得苦澀，「我在想……如果當時我們都已經懂事了，或許就能夠阻止如此悲慘的事發生……我們可以一起玩耍、打架、追女生……唉！為何爺爺要剝奪我們兄弟倆一塊兒成長的權利。」

聞言，嬰兒娃娃面露凶樣，低吼的怒斥道：「哼！你現在是哭天搶地什麼！被爺爺遺棄的人是我、不是你，你還有機會享受人世間的喜怒哀樂，可以因為努力而坐擁數不盡的財富，還能達成很多我永遠都做不到的事和夢想！你說！該難過的是你還是我？」

「享受？你說享受嗎？」

徐浩失神的冷笑，空洞的靈魂之窗看向弟弟，腳步不大穩當的跌坐在井口邊的矮石牆上，緩緩說道：「徐善，如果現在能夠時光倒流回到當時，如果我有能力選擇的話，我會希望當時露出笑容的是你而不是我，由我作為惡靈的祭品該有多好，死的人是我那該有多好。」

「你這混蛋！現在說這些風涼話是在落井下石嗎？」

遭徐善附身的嬰兒娃娃氣得跺腳。這一踏，再度震撼天地。

徐浩只是深深嘆了一口氣，眼底的惆悵與絕望，讓徐善暫時停住憤恨的踩踏。

「徐善，如果你知道我這些年來過的是什麼樣的生活，或許能夠減少你心裡的仇恨。就我知道，當年我不到一歲便被我們的父母帶離幸福島；五歲前見過爺爺幾次面，但印象中爸媽每次都會對爺爺大吼，而我卻什麼也聽不懂大人之間的對話。」

他又嘆了一口氣，繼續說道：「八歲那年，爸爸意外身亡，母親從此像失了魂一樣，甚至開始毒打我，而附近鄰居報警後，母親便失去了我的撫養權，我被兒福聯盟機構強制帶走，並計畫將我送回爺爺那邊；但經過聯絡後才得知，他老人家已經在前一年自殺離開人世。」

「直到成年後，我接掌了他們所留下的遺產，娶了妻子後，生下一名男孩，可孩子不久便夭折，從此我太太根本是變了一個人似的……所以我說真的，自我有記憶以來，人生沒有一段回憶值得拿來炫耀或回味。」

「你說爺爺自殺了？」這消息讓徐善感到錯愕。

「嗯，我也是後來才曉得，馬伯您說呢？」

馬伯接著敘述道：「島主他自從選擇將徐善少爺作為祭品後，就像得了失心瘋一樣，從此再也無法管理島上之事，整日以淚洗面，好在島上從此沒什麼大事發生。」

「但你們的父母回來後，島主還得提心吊膽的編謊，說他抱著徐善少爺出去港邊散步時意外掉入海中，這謊言讓你們的父母無法接受，憤而帶著徐浩少爺離開。最後島主受不了內心的譴責，有一天清晨，我見到他當場切腹自殺，而我根本來不及阻止……」

「這根本是史上最悲慘的人倫大悲劇嘛！」郝仁忍不住搥了搥發痲的胸口，一道哽住喉頭的異物感讓他難以吞嚥。

「徐善，其實我跟爺爺見面的次數並不多，最後一次見面時雖然我還小，卻永遠忘不了那段記憶。」

徐浩回憶起當時的情景，心痛卻又難以忘懷那種屬於親情間的溫暖懷抱。

「他緊緊抱著我不斷說對不起，那種近似哀號的低語，雖然我什麼都還不了解，只是覺得他抱我抱得好緊，緊到我差點不能呼吸。現在想想，爺爺說對不起的對象不是我，而是你。」

「爺爺他……」

嬰兒娃娃跌坐在地，徐善像失了魂般不知所云。

「爺爺……」

他幾十年來無法得到撫平的怒意、滿懷怨恨的怒火和詛咒，忽然之間就這麼被徹底擊破粉碎，晦暗的氣息在娃娃的身體間逐漸散去。

「你們看——我、我的皮膚！」阿三驚喜的秀出被黑布遮掩的肌膚，難以解釋體內血液的快速流動造成某種激活的感覺，潰爛流膿的皮膚正神奇的逐漸結痂，暗紫的傷口也緩緩的褪色。

「我也是！」馬伯興奮的流下眼淚。

「難怪我將阿三哥皮膚的 DNA 送進精密的機器做檢驗時，怎麼也查不出任何異狀。所以這世間真的有那種連科學都無法解釋的異狀。」方馨萍仔細的看著阿三的肌膚正上演著傷口復原的狀況，彷彿用遙控器加速畫面般的神奇。

「不要動，讓我好好觀察。」方馨萍認真道。

「可是……」阿三尷尬得不敢有任何動作，但總覺得這名年輕女生的雙眼鎖定他皮膚的銳利感，似乎都能將皮膚灼傷。

「看來我們幸福島上所有的居民都得救了，這實在太好了！」馬伯往前雙膝一軟，跪著伏低上半身，「島主，他們兄弟倆終於還是見面了，也請您別再自責，安息吧！」

「徐浩，相信我，我沒有傷害你的孩子。」徐善悶悶的解釋道。

「不關你的事，你別自責。」徐浩蹲下身體，拍了拍嬰兒娃娃的肩膀，並動手將散落的雙手接回。

「其實都怪我不好，因為總是忙著工作，沒好好注意你大嫂的心情。你大嫂她其實患有憂鬱症我卻不知情，懷了孩子後時常不吃不喝，我們小寶早產出生，離開母體時才不過七百多公克，雖然現在醫學進步，讓他待在保溫箱裡努力存活下來，但他身體虛弱又一身病痛，五歲生日那天因為高燒送進醫院急救，但後來還是……」

「我的姪兒名叫小寶啊！可憐的寶貝，這麼小就遭到病魔纏身……」

「那你呢？健健康康的身體本該能夠繼續生存在世界上，卻失去了能夠選擇繼續的權利……徐善，當時你該笑的，唉！現在多說也是無益，已經是既定的事實，哪是我這種平凡人物能夠改變的。弟弟啊，原諒哥哥的無能為力。」

徐浩往後跌坐在地，雙掌抹了抹臉，顯得筋疲力盡。

「別自責了徐浩，我們誰都沒有錯，或許這是我們徐家必定得遭受的劫數吧。我想，如果可以，就在我們這代結束這個噩運吧，若你覺得自己苟活於人世而愧疚於我，那麼不如幫忙我這個弟弟完成最後的願望。」

「願望？」想到能夠為這無緣的弟弟做些什麼，徐浩便又多了活著的動力，「徐善，你有什麼願望就說吧，我會盡我所能努力達成。」

「和大嫂努力孕育出我們徐家的後代，讓他在幸福快樂的環境中成長，沒有怨恨、沒有遺憾，就像我們失去的能夠快樂成長的機會，讓我們徐家的後代就從這個孩子開始，延續幸福……」

說著，徐善低沉的嗓音越顯沙啞，在場沒人注意到嬰兒娃娃的身體正在逐漸融化。

「這……」徐浩面有難色，「其實不瞞你說，自從小寶走了後，我們也想過要再有孩子，但不論怎麼努力，甚至尋求世界各地的名醫幫助，你大嫂的肚皮還是沒有消息。」

「不管！徐浩，你……你一定要……答應我……」徐善沙啞的音調開始多了急促的喘息聲響。

「徐善！」徐浩發現掌心的溫潤感越見明顯，他拿開貼住娃娃身體的手一瞧，才頓時發現娃娃的背已經融化了大半。

「請你們幫幫忙！我弟弟他怎麼了？他不會有事吧？」

「是時候了。」方群了解的點了點頭，「惡靈依靠怨念而生存，當怨念消失了，魂魄將跟著魄散成煙。」

徐浩急切的問：「那麼徐善會怎麼樣？他往後的命運又會如何？」

「往後？」方群無情的宣判，「魂飛魄散後將消失無蹤，不會再有往後了。」

「那麼投胎呢？」馬伯激動的提供意見，「我們少爺應該可以投胎到好人家去吧？」

「我說過了，他已經錯過能夠投胎的機會。」方群手指搓了搓下巴的灰白鬍子，「惡靈失去了怨念便會融化其心志，就像他附身的嬰兒娃娃正一點一滴的融化中，直到融化殆盡……不過……」

「不過什麼方叔？還有什麼機會嗎？」阿三看著娃娃加快融化的速度，急得不斷在原地踏步。

「拜託您！救救我弟弟！」徐浩誠心請求。

「機會不是沒有，但至今沒聽過幾個成功的例子。首先需要親人的帶領，讓靈魂放下心中所有的怨恨；然後用你的血將他的惡氣洗滌，引領著他走向四十年前，本來就應該走向的道路。」

「用我的血嗎？」徐浩左右張望，找尋鋒利的物品，「要多少血？流出來後讓他喝嗎？還是？」

「若只是讓他喝你的血，我就不會說至今沒聽過幾個成功的例子了……」方群繼續說明，身後卻莫名襲來一股暖意。

嘆了一口氣，方群再道：「那是一種傳承法，透過某種神奇的力量將血液傳導至靈魂。我只是聽說過，但至今從沒見識過。」

「怎麼辦！徐善快要完全融化了！」徐浩驚恐的望著懷抱中的娃娃只剩下頭的部分，而且頭部也在急速融化中。

「你知道嗎徐浩……我好不甘心就這麼走了……」徐善發出的音調猶如遠方傳來的氣息般遙遠不清、破碎支離。「我真的很想……很想用徐善的身分……存、存活在世上……但永永遠遠都沒這個機會了……」

「徐善，對不起……」徐浩捧著手中正在融化的頭顱心痛的哭喊，卻也無能為力。

這時，一道強烈的光芒點亮了漆黑的夜色，圍繞在兩兄弟身旁的人全都驚訝的往旁邊躲開。

「好燙！那是什麼？」阿三誇張的彈開並大吼。

光芒中，只見郝仁凸出的左眼球此刻不停的轉動著，散發出如陽光般橘紅且耀眼的光澤。

「來了！」方群雙手環胸觀看著，眼皮連眨一下都捨不得，「這小子深藏於體內的無比力量又要再次發揮，真是期待！」

「你、你想幹嘛？」馬伯基於總管想保護主子家人的心態，雖挺身向前阻擋，卻被那駭人的景象嚇得腿軟。

「小馬給我讓開！」方群激動的開口阻止。

方群不希望有人打擾他欣賞百年奇景的過程，好在馬克出面緩頰，並向前將正不斷顫抖的馬伯攙扶至一旁。

「馬伯，阿仁具有能夠安魂的能力。請您相信他，他一定能夠幫助這一切圓滿成功的。」

郝仁褪去平時一臉玩世不恭的態度，堅定的神情彷彿清楚這是他的使命般；體內洶湧的能量蠢蠢欲動，促使他前進彎下身軀，拉住徐浩的右手，接著自口中吟唱出一段優美、卻不知名語言的古調……

願黃土溫柔的覆蓋你的軀身
願雨水洗淨過去的痛苦怨恨
願淚水化為滋潤大的的養分
讓愛永生……

在古調祭文的旋律中，徐浩右掌中僅存的娃娃耳朵飄出一縷墨色的輕煙。

此刻，徐浩感覺被握住的手多了一股強烈的抽取的力道，瞬間有種血液在體內翻騰的波動。

隨即，奇怪的事情發生！

徐浩的右掌心冒出了大量的鮮紅血液，但都不至於溢出掌心外，反而被那小巧的耳殼完全吸收，直到橡膠材質的小耳朵逐漸轉化成真人柔軟的耳殼後才停止；同時，在耳殼周圍環繞的墨色輕煙，逐漸的越顯暗淡了。

徐浩突然有種強烈的心痛感，他知道他的弟弟徐善即將離開，早已乾涸腫脹的眼眶依然淌出了淚水。

「徐浩，你恨……我們的爺爺嗎？」

「對不起，徐善……雖然爺爺犧牲了你的寶貴性命，但我還是沒有辦法說服自己恨他。可能我永遠無法了解那種慈悲為懷的心，以多數人的幸福為優先考量，而不顧自家哀痛的心情；但我能夠想像的是，爺爺當時在你我之間做抉擇的徬徨與痛苦。」

「唉！我們徐家怎麼會淪落到這種情況……再見了徐浩……」

輕煙淡而散去，徐善氣息般的聲調遙遠不可及。

徐浩將柔軟的耳朵小心翼翼的捧在掌心，並起身用另一手在空氣中，欲抓住那縷碰不著、已飄散在空氣中的輕煙，淒厲的聲響在山頭間迴盪。

「徐善，如過有機會選擇的話，你投胎來當我的孩子吧！你的上輩子，我們不能夠一起玩樂成長，你的下輩子就成為我的小孩，讓我們一塊兒生活，我保證會給你加倍的愛！」

NO. 10

六角星狀的胎記

「一連解決了幾個案件，身體和心靈有種前所未有的暢快感。」

「不愧是帥哥馬克，講話咬文嚼字不忘優雅。」郝仁懶懶的躺在陽光下一整個下午，露出的臉部和頸部皮膚因陽光的洗禮而微微變色。

「我呢就直接稱這感覺——爽！」

「所以我不是說過很多次了，人一出生就決定了此生的角色，有的人天生是小丑，有的則是政治家。」方群嘴裡咬著菸斗笑說：「至於你呢，粗鄙之人一枚，塊頭大、嗓門大、食量大，特別是配上你那剛睡醒亂糟糟的頭髮，乍看之下還真的有點像野獸。」

「靠！野獸你個頭！我看你一出生就一張臉老來等，嘴巴講出來都是尖酸刻薄的話，老不休！」

一老一少正吵得不可開交，卻被外頭鬧哄哄的聲響打斷。

「阿三，外頭吵吵鬧鬧的是什麼情況？」方群不滿的瞪向前來的阿三，心裡頭因為被打擾而感到不快。

「居民們全聚集到方叔的別墅門口，我已經再三跟大夥兒拒絕說你們不喜歡吵鬧，但他們卻堅持一定要來向英雄們道謝，說什麼要合影留念，還有人要索取簽名。」

「英、英雄？」這稱號讓郝仁雙眼突然一亮。

「其實不需要道謝的，我們原本是解決石頭島上的案件，沒想到最後發現竟然有連結，才順道……」

馬克話還未說完，便遭郝仁應聲打斷。

「阿三哥，我們馬克的意思是，做善事不需要張揚。雖然處理這些事情真的有些累人，不過能夠看到你們所有人皮膚上的怪東西消失，我想一切的辛苦都沒有白費。」

「這臭小子！」方群冷哼了一聲，翻身換了面繼續曬太陽，「你以為自己是偶像，擁有廣大的歌迷啊？」

「拜託！總不能讓居民們撲空吧？這裡總得有人出面安撫他們躁動的情緒，應該派誰出面呢？」

郝仁話說得好像在挑適合的人選，但行動卻洩漏了心裡真正的想法，他起身往屋內鏡面的方向走去，並用手打理、耙梳了一下亂翹的頭髮。

「馬克，你看我這樣還OK吧？」

「不錯。」馬克慵懶的回應。

「臭小子，乾脆去訂做一套西裝好了。」方群不屑的冷哼。

「哼！忌妒啊！阿三哥，陪我出去見見居民們吧。」郝仁直挺身軀邁開步伐，經過方群面前時，他還忍不住取笑：「馬伯的魚乾怎麼跑來這邊曬了，又老又乾的能吃嗎？」

在方群起身轉身作勢要扔水杯之際，郝仁飛快的逃離是非之地。

◆※◆※◆※◆

「玉萍姐，快來這邊坐著，我們馬克大廚很快就為妳送上美味佳餚。」

郝仁簇擁著何玉萍往別墅屋內餐廳的方向走去，並急迫的拉開餐椅，幾乎是強迫人家坐下去。

「馬克嚐過世界各地的美食，肯定會幫妳量身打造出完美的餐點，使用最頂級食材烹調……畢竟你們身價不一樣嘛，吃好料穿華服是家常便飯，哪有可能接受一般人家的清粥小菜。」最後幾句話，郝仁喃喃的在心裡嘀咕著。

「真不好意思要這樣麻煩你們，還有徐善的事情真的……不知道該怎麼樣表達我心中的感謝之意。」何玉萍原本蒼白的臉頰添了些紅潤。

「別這麼說，徐大哥和玉萍姐都是善人，更何況幸福島之所以稱為幸福島，應該是徐大哥的祖先們對這個環境的期待吧。妳看看，這裡風和日麗，暖風吹在身上舒服得不得了……」

說著，郝仁伸了伸懶腰，正好瞥到馬克端著餐盤前來的身影，只是上頭的餐點讓他驀然一驚。

「玉萍姐，請慢用。」馬克將餐點放置在餐桌上，正要說明他如此準備之用意時，手臂卻遭到強勁的力道架住。

「喂！跟我過來，我們討論一下。」郝仁急忙將馬克拖行至一旁。

「怎麼了阿仁？」

「你也拜託給點面子行不行！我都跟人家說明了你的來歷，還大言不慚的炫耀你會烹調出頂級珍貴的食材……」

郝仁激動的壓低音量抱怨，雙頰不自覺泛紅了起來。

「現在好啦，你端出的那些是啥玩意？椰子殼、一盅瓷碗裝的粥，還有那寒酸的蒸蛋，和圓圓黑黑的什麼鬼？簡直是要讓我出糗嘛！」

他們兩人同時看到何玉萍從椰子殼裡舀了一匙食物送入口中，微酸的滋味讓她不禁蹙了一下眉頭；此表情讓郝仁嚥了一口唾液，更覺得自己糗大了。

「你不覺得用椰子殼拿來當盛裝食物的器皿，非常具有濃濃的南島風情嗎？其實在那挖空的椰子殼裡頭是湯品，以膠質含量豐富的海參和紅蘿蔔等食材，加入些微幸福島上特有的風鈴花梅干，因為膠質的緣故，湯放涼後呈現果凍狀，酸甜的滋味在溫暖的氣候中便能促進食欲。」

「膠質……」郝仁眨了眨眼睛思索了一下，「喔，我了，就是雞爪上頭會有種黏黏稠稠像果凍的玩意。你說海參的話……嗯嗯，這食材聽起來還挺高級的，不錯不錯，夠稱頭。但那其他什麼粥啦、蒸蛋之類的，趁玉萍姐還沒注意快點撤走吧！」

這番話聽進耳裡，頓時讓馬克蹙起眉心。

「阿仁，所謂食材不分等級，而是依照用餐人所需的營養和習性調配，就算是蛋或白米這種常見的食材，經過適當的烹調和添加的其他佐料，味蕾所感受到的一樣都是美味和用心。」

「哎呀，懶得跟你說啦，一大堆道理誰聽得懂！反正你趕快進廚房再去搞點更高級的料理，看是龍蝦、鮑魚或魚翅什麼撐得住場面的大菜，我就盡量想辦法拖點時間跟玉萍姐抬槓，等……」

說著說著，兩人同時將目光再轉了過去，發現坐在餐桌旁的何玉萍忽然之間加快了用餐的速度，轉眼間，一盤滑嫩的蒸蛋只剩下三分之一不到，而一盅八分滿的藥膳粥也幾乎快要見底。

郝仁驚訝的瞪向他意想不到的狀況，使勁箝制住馬克的力道也跟著放鬆。

「靠！真的假的，稀飯有那麼熱銷喔？」他狐疑的喃喃自語，看著對方意猶未盡的滿足神情，連他都忍不住想過去搶來嚐嚐。

「悠閒的午後，應該來杯冰涼的雪鈴花梅汁才是。阿仁？」馬克走向餐檯邊為自己倒了一杯，並轉身開口詢問。

「不了，我不渴。」郝仁沒法一心二用，他猴急的直奔餐桌，坐在何玉萍旁邊的位置就近觀看。

馬克也跟著往餐桌的方向走去，伸手拉開郝仁對面的椅子落坐，他右手輕搭在一旁約與肩同高的椅背上，修長的雙腿交疊，金黃陽光從几淨的窗邊灑落在身上，如此兼具優雅且閒適的畫面，教對面坐的人看了眉頭一皺。

靠！以為自己是童話故事裡的王子還什麼的，連坐著都要耍帥就是了！

郝仁翻了翻白眼、心裡嘀咕著，他實在受不了前方那位不經意就能散發出無限魅力的男人。

「玉萍姐妳慢慢吃，若合胃口的話，鍋子裡還有藥膳粥，想吃的話再加熱就行了。」

馬克嘴角微微揚起，他的廚藝雖然離大師級還有段距離，但善於察言觀色卻是他曾經身為品酒師的專業。

「這粥裡頭到底加了什麼東西啊？」郝仁鼻頭努了努，越聞越覺得這股香味還不難聞。

「我用了燕麥、白米、山藥、枸杞、當歸、豬肝及一些深色蔬菜下去熬粥，主要是希望能幫玉萍姐補氣血、增加體力。」

「這根本是武俠小說裡頭常寫到的，主角負傷跌入山谷，被師父救起來後喝的那種玩意嘛！嘔——我最討厭吃中藥了。」郝仁頻頻吞嚥口水的行徑和嘴巴說出的話不相符合。

「呃……吃得好飽，這是我吃過最棒的餐點了。謝謝你們，我真的……」何玉萍原本滿足的笑臉忽然一皺，瞬間眼眶泛起了淚珠，「抱歉失態了，我不知道為何會這樣……哎唷！為何止不住眼淚呢？」

「幹、幹嘛哭啦，這裡沒人欺負妳對吧？再這樣哭下去，徐大哥聽到還以為我欺負妳，便立刻從床上爬起來K我咧！」見對方委屈的模樣，郝仁倒是慌了，連忙起身抽了幾張面紙遞了過去，「玉萍姐，妳的眼睛又不是水庫洩洪，哪來那麼多水可以流啦！」

這話意外的將對方逗笑了。

「呵呵……誰的眼睛會像水庫洩洪，阿仁你太誇張了。哈哈……」

「好笑齁？」郝仁搔了搔頭，見對方破涕為笑便鬆了口氣，「好笑就好，哈哈……」

「馬克，可以請問你為我準備這份餐點的原因嗎？」

「嗯。」馬克輕點了一下頭，接著說道：「剛才進門時發現屋內特別涼爽，原來玉萍姐開了三臺涼風扇。」

幸福島上注重環保，因此禁止使用空調，挨家挨戶的天花板便流行裝上大型葉片的風扇。

「喔，不知為何最近身體特別燥熱，稍微動一下就會流汗。」

「另外，玉萍姐這一個下午似乎跑了很多次洗手間，動不動就會感覺到疲累，因此時常呵欠連連。」

這說法讓郝仁差點沒從椅子上滑下去，他忍不住發言：「喂喂喂！這就太超過了喔，你煮東西就專心煮，幹嘛還注意人家跑幾次廁所、打幾個呵欠，變態啊你！」

「呵，馬克不愧是世界一等的品酒師，我以前曾經聽說這個職業需要有過人的觀察力。好吧，我承認最近有些頻尿，所以你準備的料理，能幫我解決這些問題嗎？」何玉萍笑著詢問。

「這些症狀其實很正常，特別是在……懷孕初期。」

聞言，何玉萍驚訝的挑了一下眉，「你……」

「當女性身體開始進行排卵，黃體激素分泌增加使體溫上升，假使成功受孕便會延長高溫期的時間，這也是妳為何老是覺得燥熱的原故。當然，容易疲倦、頻尿等都是懷孕的徵兆……」

馬克遲疑了一會兒後，決定繼續說下去：「我多次看到玉萍姐會不經意的輕輕撫摸肚子，就代表著妳應該已經知道自己有孕在身。這只是我個人的淺見，妳好像並沒有太大的喜悅？」

「唉……」何玉萍撫了撫肚子，嘆了一口氣後笑了，「真是敗給你了馬克，全被你猜中了。」

「蛤？懷孕！」郝仁忍不住低吼，「可是徐大哥還不知道這事吧？」

「嗯。」何玉萍點頭承認。

頓一下，她有點遲疑的說：「該怎麼說呢……不知道你們信不信，雖然我和徐浩從認識到結婚將近七年的時間，但我還是無法真正了解他內心的想法。」

「是喔？聽徐大哥說，他曾經被某大學聘請去兼任什麼有關大眾媒體的課程，剛好玉萍姐正是那間學校研究所的學生，然後妳突然主動開始追求他。」郝仁說起之前聽徐浩說過的事。

「呵，他說我追求他嗎？好像真的是這樣耶。」回憶起當年的情形，何玉萍流露出甜蜜的笑容，「那年徐浩三十三歲，我剛滿二十五歲，從第一次見到他，就被他那副有點憂鬱卻極具權威和自信的魅力震懾住了，那天起我就開始幻想能夠嫁給他。」

「什麼！才見面一次就想嫁人喔！玉萍姐妳也未免太猴急了吧。」郝仁忍不搖了搖頭，「不過，既然愛得死去活來，那怎麼會發生後來得憂鬱症的事？」

「其實徐浩對我很好，我們幾乎不曾吵過架，他忙於工作之餘也會不忘關心我，只是……或許我當時還太年輕，無法去思索他之所以會冷酷的性格來自他過去的家庭環境，只希望他能將全部的心力放在我身上……」

「就這樣……想得太多也太悲觀，因此拖累了他。一直到這幾天我陪在他身邊，看著他不離不棄的守著他弟弟的靈魂，我也重新檢視我們之間的關係，反而更加了解他是個值得相信和依靠的愛人及家人，也慢慢的能夠敞開心胸……」

連續三天三夜，何玉萍陪著先生守著徐善的靈魂，偶爾她累了，徐浩就催她入睡，醒了吃點東西又繼續回到和室內靜靜的待著。

直到今天凌晨，第七根蠟燭幾乎快燃盡，徐浩正準備拿起另一支白色蠟燭，承接原本的火光繼續燃燒。

這時，一旁插有三炷香的香灰鐔忽然起了特殊的現象！

香灰在無風時飄起盤旋，在徐浩和何玉萍的身邊不斷打轉，直到徐浩起身打開窗戶，讓那抹飄起的煙灰隨風而逝。

何玉萍本能的從背後環抱住徐浩，她知道他身體的顫抖是因為正在壓抑痛苦的情緒；

一會兒後他竟然轉過身來，將她緊緊擁抱並痛哭失聲。

這是她頭一次深切的感受徐浩發自內心的情緒，其實她之所以會憂鬱，除了失去孩子是個原因，大多還是心裡有個解不開的結。

她一直認為即便和徐浩在一起，甚至成為徐太太，卻始終沒有真正感受到那種交心的感覺。即使徐浩對她很好，他們也從未爭吵，但她還是希望兩人能夠像一對真正的夫妻一樣大吵一架，或者分享心中所有的喜怒哀樂。

「其實人與人之間必定要時常溝通才行，有時候太多顧慮，將內心的話深藏心底，反而會造成反效果。」馬克有感而發的說著。

「但玉萍姐，妳還不打算跟徐大哥說懷孕的事嗎？」

「會的。下個星期一是我們的結婚紀念日，我想當天把這好消息告訴他……雖然人無法決定輪迴命運，但我希望徐善真能投胎到我們家來，這一對雙胞胎兄弟都太可憐了。」何玉萍微笑的說著。

「哇～原來玉萍姐這麼浪漫喔！」郝仁興奮的低喊：「我想這對徐大哥來說是最棒的

禮物了！」

◆※◆※◆※◆

「放開他！你們憑什麼傷害無辜的生命！」

巨大的猛獸仰天狂嘯，遭到千百條樹枝纏繞的軀體奮力掙扎著，卻逃脫不了即將死亡的命運。

樹枝延伸出怪異透明的細長針體，同時間扎入猛獸堅硬的皮膚裡，剎時從猛獸體內吸出鮮紅的血液，不斷的抽取直到乾涸。

「馬的！太殘忍了吧你們！人家都快掛了還不放過！還不快給我住手……呃！」

郝仁從柔軟的床上一躍而起，溫暖的羊毛被全被他的一身汗濡濕了。

「……又做噩夢了……」

郝仁離開大床，踩著室內的地毯來到窗邊，推開窗戶讓海風灌進來，撫平安靜他此刻躁動的心靈。

他嘴裡喃喃的咕噥著：「見鬼了！什麼東西嘛，從小夢到大都是同樣的劇情……我要是編劇，就把這夢境拍成一部恐怖片來嚇人！嘖……畫面怪血腥的，而且怎麼感覺越來越清晰了。」

他拿起窗臺上的礦泉水，仰頭一飲而盡。

「肯定是我熬夜上網訂購東西，買太多買到做噩夢！」

昨晚方群用特殊的電子郵件回應給《靈報》答案，而後在短短的半個鐘頭內，便見方群跳著腳興奮的大喊：「靈幣來了！」

接著，方群守在電腦螢幕前，透過特殊的管道將靈幣轉換幣值，平均分成四等分，一匯至各人的戶頭內。

轉眼之間，郝仁和馬克都成了小富翁。

又一陣海風吹來，郝仁身上的汗被徹底吹乾，也吹得他打了個哆嗦。

「唉唷～什麼氣候宜人，晚上還是會冷嘛！再滾回去睡大頭覺……咦？」

一道鬼祟的身影吸引了郝仁的注意。郝仁不動聲色的走回床邊，並迅速的將掛在衣架上的衣物一一穿上。

「老頭夜晚偷偷摸摸的是要去哪裡？哼哼！該不會是想背著團員們去挖什麼金銀財寶吧……怕人跟是吧……嘿嘿……」

「走那麼久還沒到，老頭會不會迷路了？」

郝仁悄悄的跟在方群身後，為了怕行蹤敗露還刻意放緩步伐，連呼吸、喘息聲都盡量的吞回去。

穿越幸福島墓園後是一條蜿蜒小道，坡度雖緩，但因路面碎石而顯得崎嶇不平；兩個大轉彎後來到一片竹林，映入眼簾的是一間木造約八坪大小的屋舍。

方群才剛接近，一隻獒犬便飛撲過來狂吠，獒犬站起來的高度超越了一名成年男子的身高，讓方群嚇得雙腿癱軟，當場跌坐在地上求饒。

「別這樣！有話好說！我是有事來找你主人的。」

就在獒犬張口要咬上闖入者的頸部前，牠的主人終於開口制止。

「阿強！晚餐沒吃飽是嗎？」

說也奇怪，男主人的嗓音雖醇厚，而且也只是低低的開口，沒有劇烈的怒吼，但卻讓獒犬乖乖的嗚咽一聲便停住攻擊的舉動。可是狗嘴不時抖動咧出的獠牙，還是讓方群懼怕得發抖。

「不要緊，我們家阿強很膽小的，你別看牠身型巨大，牠從小被遺棄，跟著我隱居在這裡，只要有風吹草動就會緊張得半死，牠其實很溫馴的。」

「咳！是是是，真是溫馴啊……」

方群抹了抹額頭滲出的冷汗，戰戰兢兢的自地上爬起身來，落在郝仁的眼裡簡直就是狼狽的典範。

郝仁躲在一個黑色的方形物體後方，此物體的長、寬、高剛好遮蔽住他蹲下的身體。

「笑死人了老頭！平常趾高氣揚的，原來怕狗怕成這副德性，雖然那隻黑狗的確大得可怕，但也不至於讓人跪地求饒吧！哈哈……」

「真想把老頭這副鳥樣拍起來，搞不好還能拿來當威脅的籌碼，要是他那張老嘴開口酸我時，就把那影片放出來讓大夥兒歡樂……」

郝仁捂住嘴巴忍笑，雙眼都笑彎了。

視線瞥了瞥眼前遮蔽他身軀的物體，再瞥向方群顫抖的雙腿，抱著因忍笑而有些痠麻的腹部；這時，他忽然意識到眼前物體的形狀，似乎有點像縮小版的房屋。

「狗、狗屋！」

正當郝仁驚覺自個兒的藏身之處並非最佳場所時，獒犬的身影已經矗立在他面前，露出嚇人的獠牙準備狂吠。

「閉嘴！不要叫！我不會傷害你，所以你也別傷害我 OK？」

郝仁張大雙眼瞪向獒犬，心臟緊張狂跳不已，一方面怕洩漏行蹤，一方面更擔心自己成了巨型犬果腹的食物。

說也奇怪，獒犬倏地放下牠豎起的耳朵，長長的尾巴有一下、沒一下的搖擺著，露出難得的善意，接著眨了眨眼，聞了聞郝仁的頭皮，然後轉回到自己的狗屋裡趴坐著。

「靠！嚇死人了！」郝仁大口大口的喘息，他還以為自己是訓獸師，耍什麼怪招用眼神傳達心意，「沒想到這招還真行得通，看來我是不是開始要走狗屎運了！」

此時，他聽到方群的聲音傳來。

「我是阿三介紹過來的，你聽他說了嗎？」方群看著面前如野獸般高壯的身軀簡直樂不可支。

方群的舉動讓郝仁不屑的努了努嘴，小聲的碎碎唸了起來。

「死老頭，口水都快流出來了，幹嘛？垂涎人家的肉體？」

「不過那男人到底是什麼來歷？又圓又大的光頭，那等二頭肌就算常人努力去健身房，也練不出那種程度。」

「再來就是那高壯的體魄，連我這個高人一等的身材在他面前都算是嬌小。更弔詭的是，他咧開的笑容還有種忠厚老實的味道。」

男人說：「喔，有啊，阿三哥說您需要確認我這枚印記，對吧？」他將手伸了過去，好讓對方確認位於手背上的胎記。

「來吧，讓我好好的仔細瞧瞧。」方群無法克制自己的一頭灰白髮絲因為過於期待而全然豎立起來。

接下對方伸出來的手背，他瞪大沒老花的雙眼，全神貫注的凝視那枚他苦尋大半輩子的印記。忽然間，方群原本發亮的眼眸瞬間黯然，並自嘴角逸出一道發自內心深深失望的嘆息。

「怎麼了方叔，我不是您要找的人嗎？」男人小心翼翼的開口詢問，很怕會驚動到失神的對方。

據阿三的說法，這位方叔在找一名身上有枚特殊印記的人，但看他這副落寞的神情，可能胎記和他原本期望的有些出入吧！

「唉。」方群放下男子的手，轉身再嘆了一口氣，「你這枚胎記已經是我看過最相似的了，可惜還是不完全符合。」

「抱歉讓您失望了。那麼您是不是又得前往其他地方找尋那個人？」男子婉轉的說著。然而，現在他得去準備磨斧頭了，沒時間繼續和人閒聊，「因為今天市集那邊有商家需要木材，我接下單子答應中午前要送去，所以……嘿嘿……」

「沒關係，我才抱歉打擾了。」方群腳步不穩的跌坐於小步屋前的臺階上，「你去忙吧，不用管我，我坐一下等會兒就離開。」

「喔，抱歉沒辦法招待方叔，您慢慢坐，沒人趕您，想回去再回去。」

「嗯。」

男人轉身走至木屋外，工作檯上放置了磨斧頭的器具，準備開始工作，但他還是忍不住開口，想知道其中的差別。

「方叔，能不能請問您在找的那枚胎記，到底和我手上這枚差在哪兒？」

「你的胎記符合了放射的六角星狀，也有圓圈將六角星完整包圍……但如果在六角星的中間再有菱形鑲在其中，那麼就太好了……」方群失望的述說。

「喔，原來如此，差在星星的中間有個菱形啊！我懂了。」

郝仁默默的就著原本蹲下的姿勢往後退卻，趁那名樵夫開始磨斧頭發出吵雜聲響時，沒驚動到任何人、悄悄的離去。

他快步的走在天色漸漸微亮的森林中，心臟撲通撲通的狂跳，方群的話在腦海裡不斷重複著——

放射的六角星狀有圓圈將六角星完整包圍……

六角星的中間有菱形鑲在其中……

郝仁加快步伐，右手跟著撫上自己左胸口靠近腋下的區塊，手心忽然有種莫名的灼熱感。

他會是方群苦苦找尋的那個人嗎？

《紅眼怪客團之鬼旅行》完

幸福杏仁茶

番外

「啊！」郝仁不計形象的打了個飽嗝，「解決一件大案子後，再來這間阿香清粥小菜飽餐一頓，感覺夠痛快。」

「特別是確認過帳戶新增的金額，那才真是大快人心！」方群嘴裡咬著牙籤，雙眼都笑彎了。

「賺那麼多，卻還小氣得要命！」郝仁不滿的撇嘴抱怨，「店家對面就有停車場，老頭你偏偏就挑隔兩條大馬路、一公里遠的小學附近免費的停車格。幫幫忙！我們三個男人吃東西如秋風掃落葉，再說人家一個小時才收三十元，你有必要省那幾枚銅板嗎？」

「豈止幾枚銅板而已。」方群斜眼瞄了一下郝仁的小腹，「你這小子食量大如野獸，最近也沒看你運動，這條褲子似乎變緊了很多對吧？」

「呃……」這話如石頭般堵住了郝仁的嘴，他的目光順勢下移，這才意識到自己最近對身材體態過於怠惰。

「你看看馬克，那漢草維持得多好。每次出現就會有流口水的小姐目瞪口呆的看著他，就像剛才阿香清粥小菜端菜上桌的兩位小姐，只差沒對他表白。」

「怎麼了嗎？」馬克將左耳耳機拿開，抬高兩道濃眉詢問道。他方才步出店外後便戴起耳機聆聽音樂，享受近午夜時分的寧靜。

夜晚十一點半左右，主要幹道上車流量減少，當他們越過馬路轉個彎後，街道上更是只有偶爾一、兩輛機車與他們交錯。

「沒事、沒事。」郝仁視線上下打量馬克完美且毫無一絲贅肉的體魄，嘴角忍不住抽動。「我得每天少打一、兩個小時的電動，出去慢跑才行，其實我原本也不賴的……」

馬克納悶同伴的喃喃自語，目光卻教一旁幾家並排但已打烊拉下鐵門的店家吸引。

「怪了！怎麼挨家挨戶掛著好幾串鞭炮……方叔，難不成今天是什麼好日子？」

聞言，方群皺了一下眉頭。

「待我瞧瞧……為了解決案子不知今夕是何年。」他滑手機確認農民曆，「有了！前些日子中元普渡我們沒時間參與，今天正好是鬼門關的日子。」

「鬼門要關了……」馬克了解的點頭，「難怪店家都備好炮竹，準備點燃送好兄弟們上路。」

「現在這時間鬼門也半關了吧！不過說到鬼門開，是讓好兄弟們回人間來走一遭，可我也不覺得最近比較容易看得到它們。」郝仁不解的問。

「那麼多弟兄若全讓你瞧見，豈不是眼花撩亂！畢竟人鬼殊途，雙方存在於不同的空間。我們現在站在這裡看似附近沒啥人，其實它們都存在著，只是肉眼瞧不見而已。」

「喔？這麼說我隨便伸手一抓……」郝仁揮舞著雙手上抓下揮，「都有可能抓到好兄弟的屁股還什麼的對嗎？哈哈！」

「嗯哼，理論上是如此，只是大夥兒彼此看不見、也摸不著對方就是了。」

馬克感興趣的提問：「請問方叔，我們有機會看到嗎？」

「蛤！你想看？」郝仁歪嘴的說，「平常辦案時都能遇到幾個了。」

「可是我眼中看到的都是你啊！」

「也是齁……好兄弟都附在我身上，所以不論男女老少，你看到的都還是我。」郝仁笑著轉頭追問：「老頭！有啥好方法讓我們見識一下嗎？」

方群摳了摳下巴，「方法不是沒有。」

「真的有！快說來聽聽。」

「你們瞧瞧這條街道有什麼不一樣之處？」

「這條街……」郝仁左看看、右瞧瞧，「對了！記得看報導提過這條街上住了幾位名人，難怪行道樹格外高大，路燈也特別亮。這之中肯定有什麼官商……靠！幹嘛瞪我？」

「要你閉嘴！馬克，你呢？」

「我觀察了一下，發現這條街道上的落葉特別多。此刻微風徐徐將落葉吹起盤旋飛舞著，透過路燈照射的昏黃光線這麼看著，會有種令人駐足不願離去的吸引力。」

「就是這個！」方群興奮的拍掌，「當目光追隨著被風吹拂盤旋而起的落葉，又有誰會在意那些即便狂風來襲卻動也不動的落葉？」

「有耶！」郝仁也發現到異狀，「那些落葉是不是擦了強力膠？竟然動也不動。」

馬克撫了撫下巴，「這就是方叔常說的，辦法和答案隨處可見，只是人們往往無法注意到罷了。」

「嗯哼！你們兩個再仔細觀察。」

「OK！」郝仁雙眼瞠大專注盯著地面，必定要先找出端倪。「我知道了！這些動也不動的落葉呈現……嗯，怎麼形容……對了！麻花捲的形狀。你們看那邊也是！還有前面那邊也是！」

「好眼力！」方群朝郝仁伸出大拇指。「你說的麻花捲形狀在靈界的文字用法是魂，魂魄的魂。」

「魂？這誰看得懂嘛？」

馬克俊美的臉龐漾出笑容，「方叔的意思是這個『魂』字，可以幫助我們見識好兄弟們在鬼門開期間的生活？」

方群點頭，「既然大夥兒有興趣，趁鬼門即將關閉前，我們就去走這麼一趟。來！跟著我做。」他先深深吸了一口氣後，再緩緩吐出，解說道：「首先，深深吸氣後慢慢吐出，來回幾次讓身心靈回到平靜無雜念的狀態。」

他一面解說，身後的二人聽著口令跟著行動。

「然後右腳在地畫出靈界魂字的符號，慢慢的、深沉的、規律的，然後雙眼閉起。」

跟在方群身後的郝仁及馬克在調養氣息的同時，也伸出右腳開始規律的畫著麻花形狀，一次又一次的，身體莫名感到一股襲來的暖意。

「最後跟著我唸：摩嘛哄尼哄叭咚！」

「摩嘛哄尼哄叭咚、摩嘛哄尼哄叭咚……」

三人齊一心志的唸著祭文，右腳揮舞的速度也在不知不覺中同步了起來，接著奇怪的事情發生了！街道上，未隨風起舞貼服在地的落葉忽然盤旋而起，以靈界魂字的寫法規律的流動著，直到忽然失速的擺動……

原本三人耳裡聽到的除了風聲和齊一唸出的祭文聲，忽然間風聲不見，取而代之的是熱鬧的歡笑聲及叫賣聲。他們同時睜開雙眼，映入眼簾的景象讓大夥兒驚訝的張口。

「同樣的街道，剛才冷清到不行，現在可熱鬧呢……」郝仁摳了摳耳朵，「等等！這傳來的是廟會的音樂對吧？」

方群解釋道：「一年一度的大日子，相對於好兄弟們或許等同於我們的大過年吧！」

時空靜止在一個誰也無法形容的年代，眼前呈現一股彷彿褪色照片泛黃的朦朧，就連走起路來都有種似在水中的漂浮感。

「你們看！那張長桌不斷湧出各式各樣的食物，太奇妙了！」郝仁彷彿劉姥姥進大觀園，見到什麼都感到新奇不已。「好兄弟們跟餓死鬼一樣搶食物，只差沒打起來。」

「那是我們活人祭拜好兄弟的供品。有沒有看到桌角那邊用豆沙饅頭堆成的小金字塔？那個上頭還署名，是指定給誰的，任其他好兄弟也無法隨意取用。」

「它的家人真聰明想到這招……這樣好了老頭，以後我供奉祭品給你，肯定會把你的名字寫大大的，讓你回人間一次吃個夠。」

「啐！閉上你的烏鴉嘴！」

郝仁搔了搔頭。「開開玩笑別介意嘛。」

「除了一張張不斷湧出食物的長桌外，街道兩旁還有各式各樣的攤販及商家。」馬克著迷的四處張望。

「等等！什麼味道？」方群努動著鼻翼，「馬克，你鼻子比較靈，幫我聞聞不斷飄來的香味到底是啥？」

馬克想也不想立刻回答：「是杏仁茶的味道。磨碎堅果熬煮成的杏仁茶，香甜濃郁的氣味中帶有一股淡淡的奶香。」他伸手指向前方二十公尺處掛著暗紅招牌的店家。「我想香味應該是從那裡傳過來的。」

郝仁看向招牌順口說道：「幸福杏仁茶……」

「阿仁，怎麼了？」馬克敏感的察覺到郝仁眼神的異狀。

「沒什麼！」郝仁瞇起眸子，「只是我老婆們以前跟著我的時候老喜歡吵著要喝杏仁茶，我在想如果她們沒有因為保護我而魂飛魄散，或許還有機會在這裡相遇。」

「別想那麼多。」方群難得體貼的伸手拍了拍他的肩，「你已經盡力唱安魂曲幫她們超渡，至於有沒有保住，也只能聽天命了。」

馬克提議道：「不如我們過去店裡瞧瞧。這股無任何添加物的香甜氣味，聞起來真如老闆取的店名，讓人有種飄浮在雲端的幸福感。」

當三人踏進店內，見到的是座無虛席的熱鬧情景。

「方叔，好兄弟們看得見我們嗎？」馬克好奇的詢問。

「應該看得見，只是離鬼門關換算成我們的時間十分鐘不到，想當然首要之務是把握最後能夠吃喝玩樂的機會，根本無暇管其他。」

他們穿梭在偌大的店內，發現了唯一空著的那張靠窗的長桌。

「一、二、三……七、八！一共八個碗，那麼巧正好是阿仁老婆的人數。不過這世上哪裡會有這麼多巧合事。」

「不！可能是她們。」郝仁靠近長桌，細數對他而言再熟悉不過的景象。「大老婆大春喜歡坐在尖尖的桌角處。」

「桌角邊確實有一個碗。」馬克回應道。

郝仁指了指另外兩個並排的碗，「春二和秋三吃東西的習慣是，一個無論好吃與否總會留一口，一個怕胖只吃一半。」接著他又指向對面的空碗，「那裡肯定坐著四夏！她每次都會像小狗一樣，把湯匙和碗舔得乾乾淨淨。」

方群忍不住問：「那麼桌上三個疊在一塊兒的碗又是怎麼回事？」

「那是五春、六秋和夏七，她們三姐妹老喜歡黏在一起。」說著，郝仁再將視線移向桌面上最後一個碗。「那邊是八冬！她喜歡加花生卻不吃，只是從碗裡一一挑出來排成愛心狀。」

方群冷笑道：「你的鬼老婆們怪癖還不少。」

「阿仁！」馬克雙眸發亮的提出重點：「照你這麼說，你老婆們看來是保住了魂體，並未魂飛魄散消失無蹤，對吧？」

「嗯，她們肯定來過……」郝仁瞇起眸子加快了腦子的運作速度，「對了！飾品！她們幾個每次喝完杏仁茶就想逛飾品店，如果這條街……」

「我們快出去找！」馬克率先跑出店外，其他二人相繼跟上。

「你們看！那邊有家賣飾品的攤販。」方群好眼力，發現店家後伸手比向右前方，三人便有默契的跑上前去。

「老闆，請問剛才有看到八位小姐一起來逛你這攤嗎？」馬克喘息著問。

「來往人群眾多沒特別注意，我這攤雖小但五臟俱全，婆婆媽媽們都……等等！剛才確實有一票女人，像麻雀似的你一言我一句，吵得我耳朵發麻！」

「然後呢？」郝仁追問道。

「然後？」老闆愣了一下再回答：「然後她們就花了好長一段時間在我這邊試戴耳環、手鍊……」

「然後呢？」郝仁激動的再問。

「蛤！還然後！」老闆不悅的蹙起眉頭，「她們其中一人訓斥大家說不要浪費錢，結果沒買任何東西就離開，害我沒賺到她們半毛錢。」

郝仁瞇眼質疑道：「你確定沒賺到半毛錢？」

「真的啊！她們沒……不對！後來有一位偷偷摸摸跑回來，很快的選了兩只手鐲。」

「那是四夏！老喜歡背著大春偷偷折返回來買東西。對了老闆，最後回來的那位小姐是不是塞錢給你後，大方的說不用找了？」

「是啊！你怎麼都清楚？難不成你和她們認識？」

郝仁露出了笑容，「豈止認識，再熟悉不過了。那你知道她們往哪個方向離開嗎？」

「我想想……應該是往那裡……」

老闆才剛伸出手，忽然間眼前一片熱鬧景象全然消失！再也沒有杏仁香甜的氣味，也沒有絡繹不絕的好兄弟來回穿梭著。

「鬼門關了。」方群眨了眨眼適應瞬息萬變的場景。

「阿仁……」馬克上前搭了他的肩，「沒見到面，覺得可惜吧？」

「是有點可惜沒錯，不過知道她們仍然存在某個不知名的時空沒有消失就夠了。」

「看來你這小子有點長進，會講這席帥氣坦然的話。」方群也過去鼓勵的拍了拍他的臀部。

「哈！很帥吧？」郝仁雙手插進褲袋內，笑著嘆了一口氣。「雖然幸福杏仁茶我們無福消受，但Tony哥一定已經準備好了幸福氣味的料理，在美屍坊等著我們。」

「是啊！我們回去吧。」

番外《幸福杏仁茶》完

敬請期待更精采的《紅眼怪客團03》

飛小說系列 107

紅眼怪客團 02

紅眼怪客團之鬼旅行

出版者■典藏閣
作　者■天馬　　繪　者■CHI77
總編輯■歐綾纖　　企劃主編■PanPan
製作團隊■不思議工作室

郵撥帳號■50017206 采舍國際有限公司（郵撥購買，請另付一成郵資）
台灣出版中心■新北市中和區中山路 2 段 366 巷 10 號 10 樓
電　話■(02) 2248-7896　　傳　真■(02) 2248-7758
物流中心■新北市中和區中山路 2 段 366 巷 10 號 3 樓
電　話■(02) 8245-8786　　傳　真■(02) 8245-8718
ISBN■978-986-271-507-9
出版日期■2014 年 8 月

全球華文國際市場總代理／采舍國際
地　址■新北市中和區中山路 2 段 366 巷 10 號 3 樓
電　話■(02) 8245-8786　　傳　真■(02) 8245-8718

新絲路網路書店
地　址■新北市中和區中山路 2 段 366 巷 10 號 10 樓
網　址■www.silkbook.com
電　話■(02) 8245-9896
傳　真■(02) 8245-8819

☞您在什麼地方購買本書？☜

1. 便利商店（________市／縣）：☐7-11　☐全家　☐萊爾富　☐其他________

2. 網路書店：☐新絲路　☐博客來　☐金石堂　☐其他________

3. 書店（________市／縣）：☐金石堂　☐誠品　☐安利美特animate　☐其他________

姓名：________ 地址：________________________

聯絡電話：________ 電子郵箱：________________

您的性別：☐男　☐女　　您的生日：西元______年______月______日

（請務必填妥基本資料，以利贈品寄送）

您的職業：☐上班族　☐學生　☐服務業　☐軍警公教　☐資訊業　☐娛樂相關產業
☐自由業　☐其他________

您的學歷：☐高中（含高中以下）　☐專科、大學　☐研究所以上

☞購買前☜

您從何處得知本書：☐逛書店　☐網路廣告（網站：________）　☐親友介紹
（可複選）　☐出版書訊　☐銷售人員推薦　☐其他________

本書吸引您的原因：☐書名很好　☐封面精美　☐書腰文字　☐封底文字　☐欣賞作家
（可複選）　☐喜歡畫家　☐價格合理　☐題材有趣　☐廣告印象深刻
☐其他________

☞購買後☜

您滿意的部份：☐書名　☐封面　☐故事內容　☐版面編排　☐價格　☐贈品
（可複選）　☐其他

不滿意的部份：☐書名　☐封面　☐故事內容　☐版面編排　☐價格　☐贈品
（可複選）　☐其他

您對本書以及典藏閣的建議________________________

____

____

✌未來您是否願意收到相關書訊？☐是　☐否

感謝您寶貴的意見

印刷品

$3.5
請貼
3.5元
郵票
不思議信箱
FUSHIGI POST

235 新北市中和區中山路二段366巷10號10樓

華文網出版集團　收

（典藏閣－不思議工作室）

紅眼怪奇團之鬼旅行